当代西方学术新视野译丛

本译著获得西安外国语大学英文学院学科建设经费资助出版

How to Read a Diary 解读日记

[美] 德西蕾·亨德森 / 著
Desirée Henderson

薛小杰 / 译

陕西新华出版 陕西人民出版社

图书在版编目(CIP)数据

解读日记 /(美)德西蕾·亨德森(Desirée Henderson)著；薛小杰译. -- 西安：陕西人民出版社，2025.4
书名原文：How to Read a Diary
ISBN 978-7-224-14828-2

Ⅰ.①解… Ⅱ.①德…②薛… Ⅲ.①日记—写作—历史 Ⅳ.①I056

中国国家版本馆 CIP 数据核字(2023)第 126284 号

著作权合同登记号　　图字：25-2024-249

How to read a diary：critical contexts and interpretive strategies 1st Edition / by Desirée Henderson / ISBN 9780415789202.
Copyright © 2019 Desirée Henderson
Authorized translation from English language edition published by Routledge, part of Taylor & Francis Group LLC；All Rights Reserved.
本书原版由 Taylor & Francis 出版集团旗下 Routledge 出版公司出版，并经其授权翻译出版。版权所有，侵权必究。
Shaanxi People's Publishing House is authorized to publish and distribute exclusively the Chinese (Simplified Characters) language edition. This edition is authorized for sale throughout Mainland of China. No part of the publication may be reproduced or distributed by any means, or stored in a database or retrieval system, without the prior written permission of the publisher.
本书中文简体翻译版授权由陕西人民出版社独家出版并仅限在中国大陆地区销售，未经出版者书面许可，不得以任何方式复制或发行本书的任何部分。
Copies of this book sold without a Taylor & Francis sticker on the cover are unauthorized and illegal.
本书贴有 Taylor & Francis 公司防伪标签，无标签者不得销售。

出　品　人：赵小峰
总　策　划：关　宁
策划编辑：李　妍
责任编辑：李　妍
封面设计：杨亚强

解读日记
JIEDU RIJI

作　　者	[美]德西蕾·亨德森(Desirée Henderson)
译　　者	薛小杰
出版发行	陕西人民出版社 （西安市北大街 147 号　邮编：710003）
印　　刷	陕西博文印务有限责任公司
开　　本	787 毫米×1092 毫米　1/32
印　　张	7.25
字　　数	152 千字
版　　次	2025 年 4 月第 1 版
印　　次	2025 年 4 月第 1 次印刷
书　　号	ISBN 978-7-224-14828-2
定　　价	59.00 元

如有印装质量问题，请与本社联系调换。电话：029-87205094

你从明亮之处走进日记这样一个黑暗的房间。这里如此幽暗,什么都无法看清。但如果停留片刻,你会一点点分辨出形状,轮廓逐渐从黑暗中显现,你终能辨认出一切。就像学习一门外语时的经历一样……

——菲力浦·勒热纳《论日记》

致 谢

2015年10月4日，在健身房游泳的时候我萌生了写作本书的想法，之所以这么确定，是因为日记里有记录。我把这个想法第一个分享给了克里斯托弗·康威，他的热忱和鼓励使得本书得以问世。自始至终克里都给我出谋划策，大力支持，他给予本书出版以帮助，让我的生活更有价值，我的感激无以言表。

感谢本书写作过程中提供支持的诸多人士：感谢菲斯·巴雷特，我的档案研究搭档兼问责伙伴，感谢她冷静、深思熟虑的指引。感谢特雷莎·斯特劳斯·高卢、詹妮弗·普茨和亚历山德拉·索卡里德斯，感谢她们富有洞察力、严谨细致的反馈意见。感谢蒂凡尼·麦克班和凯瑟琳·汉密尔顿·沃伦，感谢她们反复阅读书稿。感谢得克萨斯大学阿灵顿分校英语与现代语言系我的各位同事与我讨论日记，包括谈论他们自己的日记，并耐心地回答相关的问题。

感谢桑迪·基塔与泰瑞·基塔允许我复制使用藤井拓一日记中的一页，感谢芭芭拉·约翰斯的大力协助。

感谢劳特里奇出版社的编辑波莉·道森和佐伊·迈耶，感谢匿名审稿人的反馈意见，他们给予了本项目多方位的帮助。

得克萨斯大学阿灵顿分校提供了研究基金支持本项目，英语系提供了宝贵的研究基金。此外，如果没有得克萨斯大学阿灵顿分校图书馆馆际互借部门的不懈努力，本书也无法问世。

另外，还要向得克萨斯大学阿灵顿分校我的学生们表示最衷心的感谢，他们是本书的第一批读者并提出了反馈意见。2015年和2017年选修我生活写作课的学生们，对本书内容成形起了重要作用。他们阅读日记时的好奇之心和激动之情，使我坚信日记在21世纪的课堂中仍应占有一席之地。

前 言

我现存最早的日记是一本绿皮活页本。本子的金属线圈已经失去了光泽，纸张发黄，铅笔字迹也模糊不清了。这不是我的第一本日记。很小的时候我得到了一个粉白相间的日记本，配着一套小小的金色锁头和钥匙——典型的女孩用的日记本。不知什么时候这个本子找不见了，或是扔掉了（不是什么大不了的事，我想）。高中毕业后、上大学前那个夏天，我开始用这个绿皮活页本。受到启发，我开始写日记，并坚信这个阶段在我人生中很重要，觉得自己真正的人生要开始了。这意味着作为一个成年人，脱离家庭的庇护，我终于要成为命中注定的自己了。我并不知道，从在绿皮本上写日记开始，我也开始了伴随自己一生的习惯，这个习惯后来又成为职业兴趣。写一本关于日记的书并不是我年轻时的志向，但无疑从那时起到现在，多年的日记写作，对我在这本书中所呈现的思考产生了影响。

写本书有两大目的。其一是帮助读者解读日记。这并非不值一提，尝试过阅读日记的人都知道，它是最有挑战性的写作形式之一。尽管人们常常不屑一顾，觉得它是一种过于简单或者毫无艺术性的自我表达形式，缺少更"高雅"的文学文体所具有的错综复杂，但事实上，日记有自己的复杂性。因循内在的逻辑，朦胧不解的来龙去脉，作者异乎寻常的写作习惯和密码，常常贯穿一生的笔墨，日记总令外人却步。本书尝试为读者提供日记的语境和解读策略，以便理解日记内容、领会惯例，从而促进对日记文学价值的认识。

目的之二是鼓励日记或日志写作。在本书的写作过程中，有很多次我把题目打成《如何写作日记》，只好回车修改。但我逐渐意识到这个输入错误准确表明了我的希望——激发读者从事日记写作。尽管在日记研究中我提倡批评质疑的方法，但不得不承认，我对日记写作的态度还是理想化的。我真心相信，日记有助于改善个人生活方式、解决社会问题，当然这对普通人匆匆写满的小小笔记本来说期望过高了。然而，探索了不同文化、不同民族、不同时代和身份的人所写的日记，使我希望能证明我的理想主义并不是空穴来风。

我开始用活页本写作的时候，并不知道日记文学的历史，也从来没有读过一本日记或者日记体小说。那个时候唯一明白的是日记对我很重要。它给了我默想、沉思、造梦和表达的空间，直至今日。 而这个空间在我的生活中曾经缺失。多年之后，我才对相关的学术讨论、重要概念和分析方法有所了解，在此将其呈现给诸位以助解读日记。

目 录
CONTENTS

1 **日记介绍** / 001
　为什么使用"日记"一词？ / 004
　什么是"日记"？ / 006
　日记类别 / 010
　日记简史 / 011
　倾心日记 / 018
　为什么阅读日记？ / 021
　基本问题1：日记是私密的吗？ / 022

2 **解读日记手稿和不同日记版本** / 027
　日记和档案馆 / 031
　解读日记手稿和不同日记版本 / 036
　制作新版本 / 060
　基本问题2：日记是一种女性体裁吗？ / 061

3 解读文学性日记 /067
日记是文学吗？解决流派悖论 /070
日记阅读规范 /074
误读日记的常见方式 /101
基本问题3：为什么某些日记用密码写作？ /104

4 解读日记小说 /109
日记体小说简史 /112
阅读日记小说 /117
重要主题和交叉体裁 /134
非虚构日记中的小说 /140
基本问题4：日记是否比其他写作形式更具有真实性？ /143

5 解读数字日记 /147
在线写作是日记吗？ /150
阅读数字日记 /153
数字时代的老式日记阅读 /166
基本问题5：在社交媒体时代，日记已然过时了吗？ /168

6 为什么人们要写日记？ /171
历史、政治和赋权 /174
自我、健康和幸福 /183

总结：如何写作日记？ /191
参考文献 /196
索引 /215

日记介绍

1 日记介绍

关于日记最常见的看法有以下几种：

日记具有私密性。

日记具有真实性。

日记具有女性色彩。

日记并非文学作品。

日记具有自恋特征。

日记已然过时。

有些人认为这些看法荒诞不经，但像多数荒诞之见一样，它包含相当分量的真理，显得颇具说服力，同时又大大低估了现实的复杂性。这些颇具说服力的论断，使很多人认为日记不值得持续关注和分析，从而对之不屑一顾。与此相反，本书帮助读者认真审视日记，不把它当成陈词滥调之作，而是看看日记有多少丰富的层次。准确地说，本书认为日记中貌似不言而喻的东西其实要复杂得多、有趣得多。重新审视日记的这些表征，也使得该文体的一些显著特点有必要予以重新审视：什么是隐私，为什么我们期望私密写作诚实可信？当自传体写作被个人感知或被记忆的镜头过滤时，还能评估它的真实性吗？为什么有些体裁被女性化，又产生了什么影响？什么样的作品算是文学作品，为什么？自我反省本质上就是自恋吗？日记能否给人以力量，或起到治愈作用？某些类型的写作是否已失去意义，特别是当新媒体开始盛行？虽然这本书的主要任务是让读者理解日记，但回答这些问题将使我们能够探索许多重要的文化、历史和文学问题，这些问题的意义远远超出了日记体裁本身。

本章将通过解决三个基本问题来为阅读日记"搭建舞台"：如何定义日记，日记体裁的起源和历史，以及为什么阅读日记不同于阅读其他类型的文学。尽管我们将在随后的章节中讨论更复杂的问题，但定义关键术语和概述日记的历史是培养读者对这一体裁理解的首要步骤。在这一章的结尾，我提出除了对日记的解读保持理智的严谨之外，投入情感，开放心扉，或对日记情愫萌生，都将使我们获益。

为什么使用"日记"一词？

在本书中，我使用"日记"（diary）一词，而非"日志"（journal），尽管后者也为人熟知并且意义关联。有些人认为这些术语可以互换，另一些人则认为区分这两个词有所助益，但学者、公众或日记作者们对于这两个词的含义并没有达成共识。例如，有些人认为"日记"是指更具情感表现力的写作，而"日志"则是指基于事实的日常生活记录，但另一些人则认为恰恰相反。鉴于这些词语的不稳定性，我认为对它们加以区分没有必要。相反，本书中我使用"日记"指代整个体裁，有两个原因。第一个是出于实用目的："日志"这个词有很多不同的含义（例如指期刊和报纸），所以作为一个搜索词并不是特别有用。如果今后"日记"被用作默认的标签、关键词和主题标题，使信息和资源的定位和整合变得更容易，这将使读者和日记研究领域受益更广。第二个原因是修正概念：使用"日记"一词，我试图进行干预，让这个词和它所描述的体裁重新获得应有的地位，不再被认为是女性化、低微甚至带有羞耻感的写作形式。畅销童书《小屁孩日记》开篇，作者说："让我把话说明白：这是一本日志，不是日记。"与之相对应的插图里想象他因为写日记而挨打，别人叫他"娘娘腔"（见图 1.1）。这清楚地表明，对"日记"一词的轻蔑看法与应予批驳的厌女和恐同态度有关。日记是如何变得女性化的？为什么女性化被认为是一种负面的描述？日记如何能教会我们重新思考关于身份和自我表达的固化观念？我希望通过探索这些问题，使大家重新考虑这些观点。我使用"日记"一词贯穿本书，意在消除对该词语的偏见，使之规范化，确认它作为一种体裁名称的可用性。

图 1.1 《小屁孩日记》，作者杰夫·金尼。纽约阿姆莱特出版社授权使用

4　什么是"日记"?

词典和《文学术语手册》提供了许多"日记"的正式定义,但我们先来看日记作者对此如何着墨。

> 日记是对经历和成长的记录,而不是对圆满之事或巧言妙语的收载。我偶尔会想起我在谈话中说的一句话,马上又忘记了,这句话读起来比我在日记里写的要精彩得多。但它是长久积累的经验结出的果实,成熟了,风干了,很容易从我身上掉下来,不会带来痛苦或愉悦。而日记的魅力在于新鲜却又有一定的青涩之感,不在于成熟老到。我记不住自己说了什么或做了什么,记不住我的头屑脱落了,但可以写下我是什么,我渴望成为什么。(1856年1月24日)
>
> 亨利·大卫·梭罗(Henry David Thoreau,美国,1817—1862)

> 我的日记应该是什么样的?松散而不凌乱,柔软有度,能接纳任何进入我脑海的东西,庄重的、纤细的或美丽的东西。我希望它像一张宽厚的旧桌子,或是一个阔大的手提包,里面放着一大堆零碎的东西,而没有人去翻检。我希望一两年后回来,会发现这些收藏品已经自我整理、提炼,凝固成型,像神秘的沉积物一样,透明到足以

反映我们生活的光,却又是稳定的静态化合物,带有艺术品的超然冷漠。(1919年4月20日)

  弗吉尼亚·伍尔夫(Virginia Woolf,英国,1882—1941)

  我必须用鲜血来填满这小小日记吗?但是,翠!让我们把过去二十年来同胞们流下的鲜血、汗水、眼泪,全部记录下来。在这场致命的斗争的最后几天,每一次牺牲都更值得我们去讲述,去铭记。为什么?因为我们奋斗牺牲了许多年,希望像一盏明灯在路的尽头闪耀……(1968年8月4日)

  唐翠沉(Dang Thuy Tram,越南,1942—1970)

  天气不好的时候,我们离开乡间,到最近的酒吧去了。人们一边喝酒,一边打牌,等待雨停下来。我会拿一张餐巾纸,记下任何想到的东西。雨停了,我意识到自己在写日记。没人能决定一天内会发生什么,但可以告诉日记自己想要什么。这样的日记会改写令人发指的生活,非常有意思。(有选择地恢复正常的生活。把琐事变成值得思考的事情。下班后我盥洗时还没来得及想起鼻子里流下来的那道灰色鼻涕)。

  拉希德·尼尼(Rachid Nini,摩洛哥,1970—)

  日记是未熟的水果,一大件行李,一本血迹斑斑的记录,还是一张脏兮兮的餐巾?这些生动的描述展示了日记在形式和内容,以及促使日记作者写作的各种动机等方面的多样性。日记写作的独特性是吸引人们走近它的因素之一。它适用于各种写作风格，作者角色以及个人、社会和政治目标。事实上，有些日记的封面上印有"日记"一词，便于识别，但许多日记文本是混合而成，属性多样、使用多媒体手段、没有条理、含义隐晦且不可预测，它们看起来可能更像历书、账簿、普通书籍、相册、素描本或社交媒体账户，而不是日记。

许多学者评论认为无法对日记体裁下一个唯一的、确切的定义来解释这种多样性。如 K. 埃克哈德·库恩-奥修斯（K. Eckhard Kuhn-Osius）所说，"很难提出一个说法可以适用于所有日记"（166）。罗伯特·福瑟吉尔（Robert Fothergill）并没有尝试定义日记，而是提出了一个灵活的标准："我们可以认为，当人们说'我在写日记'时，日记就是一个人写的东西。"（3）这种方法与文学研究中的两种流行的体裁理论相吻合：第一，体裁的主要作用是为了人类交流或自我表达。卡罗琳·米勒（Carolyn Miller）将体裁定义为一种"社会行为"，很有影响力。她写道："一个措辞合理的定义，应当围绕使用体裁而起到的作用展开，而不是以话语的内容或形式为中心。"（151）换言之，体裁应该主要由其用途来定义。第二，体裁是其他可识别形式的混合体，为了新的目标而重新组合或重新定位，因此可以包含非常多样化的文本。彼得·梅德韦创造了"模糊体裁"一词，以解释这样一个事实：看起来迥然不同的文本可能属于同一体裁（141）。毫无疑问，日记既是作者用于达成某种目的的行为，又是从许多不同的既存形式中借来的模糊体裁。然而，在定义日记时缺乏明确的规范也带来了一些挑战。

在实践层面上日记难以定义，因此将文本识别为日记颇为不易，这给研究带来了挑战。文本分类或标记的方式对学生、研究人员和普通读者都有影响，特别是在一个依赖关键词搜索的时代。如果搜索"日记"这个词，结果取决于搜索词的不同解释和算法，而算法使用的概念只是与该体裁有关联而已，并不精确，也不会对概念进行查询、筛选。同时，难以回答的基本问题："这是什么文本？"可以演变成另一个更具意识形态的问题："该文本重要吗？"后者是关于文本意义或价值的评价性问题，对档案保存和文学史的写作都关系重大。不易归类的文本也可能是不易理解的文本，因此可能被丢弃、销毁或忽略，从而在档案或历史记录中产生空白。某部日记是否"出色"，是否值得保存在档案馆中、纳入教育课程，在文学经典中占有一席之地，或在流行语篇中占有重要地位，如果不考虑根深蒂固的文学等级制度的影响，这个问题就无法得到回答，因为这些等级制度往往不会给扰乱常规的混合性文本留出空间。我将在第二章更深入地讨论这些问题。

鉴于这些挑战，我们需要持谨慎态度。本书中，我对日记做出了总体性的陈述，试图全面地论述整个体裁，但是有必要记住，每本日记都诞生于个人经历、历史和文化背景，以及文学传统之间的特定联结之中。日记是多层次的，所以本书中关于该体裁的每一个宽泛的说法都应该被理解为权宜之言，并不适用于所有的日记。我希望这并没有降低尝试在体裁层面表述的价值，但也确实意味着这些主张是接受质疑和修订的。

日记类别

由于难以对日记做出全面的定义,日记常常被细分为较小的描述性类别。这些有时是日记作者的做法或自己添加的标签,但也可能是受外力影响。例如,日记本生产商在历史上曾针对不同的受众或使用功能推出专门性日记,从而影响了撰写者身份和撰写形式。对日记进行分类思考有助于读者识别作者的动机、不同日记格式或媒介的影响、日记作者在内容方面的弃取意图以及在写作中设计和使用的颇具深意的模式。许多日记同时属于多个类别,更显示出该体裁的灵活性。

> **常见日记类别:** 博客、忏悔日记、求爱日记、灵修日记、日记应用程序、见证日记、梦境日记、感恩日记、疾病日记、书信体日记、袖珍日记、怀孕日记、监狱日记、多年度日记、学校日记、性爱日记、精神日记、旅行日记、战争日记、工作日记、视频博客。

以下就不同类型日记提出的问题旨在帮助读者培养对个人日记定义特征的批判性认识。

以一种或多种媒介为载体的日记。 日记采用什么物质形式?这种形式鼓励什么类型的自我叙述?寄托了什么期望?施加了什么限制?

以主题为特征的日记。日记对作者有什么主要用途？这一预期用途如何影响日记作者的内容取舍？

以时间、地点或经历为特征的日记。日记是什么时候、在哪里写的？外部条件如何影响文本的主题？这些条件以何种方式决定日记的开始、结束或持续时间？

以内部或外部焦点为特征的日记。日记作者主要关注他们的内部（主观）世界还是外部（客观）世界？这种取向如何影响主题或形式？

以叙事风格为特征的日记。采用或拒绝采用描写、人物塑造、对话、隐喻或情节等常规手法的"文学"写作风格，对作者有何损益？日记作者使用特定模式、重复、碎片化、空白或缩写的情况如何？日记的风格选择与日记的形式或内容之间有什么关系？日记的叙事风格如何影响它在文学史上的接受度或地位？

日记简史

日记写作是如何开始的？有一部日记历史概述已经作为正史受到普遍认可，大多数与该体裁相关的书中都有提及。然而，这一版本的日记史也因其对男性日记作家的关注和缺少对非西方日记的认可而受到批评。在本节中，我将简要介绍主流历史以及其针对它的批评，以便读者熟悉这些问题。

关于日记历史的最普遍的解释如下：从16世纪开始，西方发生了革命性的文化变迁，越来越强调个人存在。在以前的时代，一个人的自我意识和自我价值感是由外部因素和公共因素决定的，例如家庭关系、阶级地位、财产所有权或宗教身份，而在三个动荡的世纪（15—17世纪）中，人们越来越普遍地相信每个人都会设定自己的道路，而不论他来自何处，与谁沾亲带故，或属于哪个社会阶层。18世纪的启蒙运动是这一重大变革的高潮，正是在此期间，个体主义的文化理想通过民主政府的形成而获得了政治权力。对个体的推崇之风兴起，由此产生的诸多影响之一是传记和自传体文学形式的出现，包括日记。日记被认为是崭新的现代个体最重要的文学表现形式之一。如罗杰·史密斯（Roger Smith）所说，"自我意识在日记中达到了顶峰"（55）。日记证明了个人生活的重要性，证实并强化了一种普遍的信念，即每个人的故事都值得讲述。然而，虽然人们往往认为这种理想化的自我具有普遍性和代表性，实际上它是由身份类别（种族、性别、阶级、宗教、国籍等）界定的，这些类别限制了它与大范围人群的相关程度。

　　日记历史学家还将这种体裁的出现归因于西方的社会学、科学技术和文学的一些变化。人们认为识字率的提高，笔、墨、纸等书写工具的日益普及，以及更多的闲暇时间用于阅读和写作，是日记写作这样的文学实践普及的先决条件，特别是在中上层社会。学者们也注意到了计时技术和时间测量标准化在西方世界的影响。斯图尔特·谢尔曼（Stuart Sherman）断言，"新的计时钟表技术和新的散文叙述时间范式共为唇齿，同时产生了"，并在每日日记中有集中体现（xi）。最早对日记产生影响的文本培育了一种信念，认为高效生活的关键是事无巨细、不断更新的记录，如日历、账簿和每日计划。世俗形式得到了宗教文学传统的补充，这些传统鼓励道德自我审视，在欧洲和北美清教徒撰写的忏悔日记中可见一斑。汤姆·韦伯斯特（Tom Webster）将"阅读、自省和写日记的独处准则"描述为"清教徒灵性的支撑"（59）。报纸和小说等大众媒体推动了日记写作的普及，同时其自身也受到了推动。谢尔曼写道，最早的英国期刊把日记的"每日'私密'时间"带入了公众视野，并将它看作是"一种社会实践和文化节奏"（25）。小说在18世纪的兴起也有助于升华普通百姓的生活故事。如我们将在第四章中看到，许多早期的小说都是以日记的形式写成的，这并非巧合，因为这两种体裁相互借鉴，用叙事以表现个人戏剧性的内心世界。

日记的出版也带动了人们对日记形式的普遍兴趣，使有抱负的作者更有动力。塞缪尔·佩皮斯（Samuel Pepys，英国，1633—1703）被认为是最有影响力的早期日记作家之一，1825年他的日记的出版使这一体裁广受赞赏。于佩皮斯日记出版之前即已问世的是约翰·伊夫林的日记（John Evelyn，1818年出版），其他英国人也紧随其后，包括约翰·韦斯利（John Wesley，1827年出版）和拜伦勋爵（Lord Byron，1830年出版）。这些日记形成了该体裁的早期典范，并确立了它的基本特征：按时间顺序排列，每日记载标注日期；公共和私人生活内容混合；关注日记作者的心理状态；对隐私或个人事务的坦率态度。这些日记的出版促使许多日记作者开始将日记视为一种文学形式，并在个人写作中采用"刻意的'文学性'"风格（Fothergill 32）。随着时间的推移，越来越多的日记作者会从已发表的日记中学习，发掘自我表达技巧，以适应自己的需求。

到了19世纪，日记写作变得极其广泛，被称为日记的"黄金时代"（Gay 446）。这时，人们可以在当地文具店或书店买到批量生产、价格低廉的制式的日记，莫莉·麦卡锡（Molly McCarthy）认为，这种便利使个人易于养成的日常习惯，从而产生了一场"写作革命"（108）。几位有影响力的文化评论家宣称，该时期日记写作的盛行对现代自我的形成起着决定性的作用：菲利普·阿里（Philippe Ariès）将日记写作列为六种文化实践之一，这些实践产生了私人生活和个人主体性的概念（5）；彼得·盖伊（Peter Gay）将日记写作与维多利亚时代中产阶级的产生联系起来（451）；米歇尔·福柯（Michel Foucault）认为坦白性秘密的冲动是现代性行为的特征（*History* 60）。在西方个人主义和现代性的历史中，日记被公认为一种革命性的体裁，为20世纪和21世纪的自我认知奠定了基础。

然而，以上关于日记如何成为众所周知、流行一时的现代写作形式的概述，在许多方面受到了批评。首先，这种叙事赋予男性日记作家以特权，使他们在该体裁的历史上处于举足轻重的地位。这种做法沿袭了早期自传研究著作中的一个普遍趋势，即自传中叙述者的天然性别设定为男性，由此导致了女性写作的边缘化。很多人断言佩皮斯是日记体裁的创始者，或声称佩皮斯踵事增华，在日记历史中这种提法衍生了不少类似观点。女权主义批评家指出，许多女性在佩皮斯之前都已写作日记，包括诸如玛格丽特·霍比夫人（Lady Margaret Hoby，英国，1571—1633）等杰出人物，她的日记写作早于佩皮斯50多年。因此，有人认为日记的出现应归功于女性。

费利西蒂·努斯鲍姆（Felicity Nussbaum）说，"很有可能是女性创造了这样一种形式，她们首倡了私密理念，之后又开始公开表达日常的内心体验"（134）。尽管人们对日记的私密性质存在争议（我将在"基本问题 1"中阐述这一点），但许多学者提醒，日记诞生于私人空间或家庭领域，本意在记录无法以口头或书面形式公开表达的意见。学者们注意到，佩皮斯的妻子也写了一本日记——被佩皮斯在一次争吵中毁掉了，他在自己的日记中记录了这一事件，但毫无歉意（Pepys，1663 年 1 月 9 日）。伊丽莎白·佩皮斯（Elisabeth Pepys）的日记遭到毁坏，说明了日记历史记录中的一个核心问题：女性日记的缺失使人们很难准确地解释她们在日记体裁发展中所起的作用。而且必须承认，如果女性日记面临压制，那么涉及有色女性、工人阶级女性、女同性恋或酷儿女性以及残疾女性撰写的日记时，矛盾就会尤为尖锐。但显而易见的是，女性日记一经出版，就对这一体裁的认知产生了重大影响。例如，玛丽·巴什基特塞夫（Marie Bashkirtseff，俄国，1858—1884）所写的日记成为男性和女性日记作者的灵感源泉和榜样，安妮·弗兰克（Anne Frank，德国，1929—1945）的日记如今已在世界上极负盛名、广为传诵。讽刺的是，虽然日记的起源被认为以男性为中心，但 19 世纪这种体裁却越来越被认为带有浓厚的女性色彩，因此时至今日它成为一种与女性紧密相关的写作形式，而且常常为此而蒙受污名。我将在"基本问题 2"中更详细地讨论日记的性别悖论。可以说，日记历史强调女性写作的事实，呈现的关于这一体裁起源的图景与人们的普遍认知完全不同。

针对日记历史标准叙事的第二个突出批评与它的西方中心主义的偏见有关。将这一体裁与西方个人主义的兴起联系起来的日记史，有可能使日记貌似仅存在于推崇个体的文化，而不存在于与此相对的个体与社会、家庭、亲属、地区或部落紧密相连的文化之中。这是一个普遍的先入之见：个体的故事只能由个体主义文化中的作者来撰写。乔治·古斯多夫（Georges Gusdorf）厚颜宣称："在没有自我意识的文化环境中，自传体裁不可能存在。"他将这种缺失与"原始社会"相提并论（30）。德怀特·雷诺兹（Dwight Reynolds）认为该观点在自传研究中仍然占主导地位，他写道：

> 西方自传按时间顺序展开，以叙事为基础，其结构和修辞特征，已经成为学者们试图衡量其他历史时期和其他文化中存在的"自我意识"和"个人身份"的标准……几乎不可避免的是，其他的自传，尤其是非西方形式的自传遭到贬抑，被称之幼稚、不成熟的写作，只是不引人注意的影子而已，"真实"的或"真正"的自传仅存于现代西方文化之中。
>
> （19）

在日记的学术研究中也可以看到类似的推断，有些人认为它是一种西方独有的体裁，而在非西方文学传统中没有清晰可辨的相应类型。即使是在世界范围内研究日记的学者，也常常以这样的假设为起点：日记是一种外来体裁，是从西方引进的，非西方作家采用该体裁，仅是模仿西方日记作者。利兹·冈纳（Liz Gunner）在描述南非日记作者时，提出了一个问题：

> 在没有人想到日记这种写作方式时，一个人是如何开始写日记的？尤其是如果母语中还不存在这些概念的话，哪种文化模式有助于"日记"或"日志"写作？
>
> （155）

其他评论家则在世界范围内通过查找历史上出现的日记或类似日记的自述文本来反驳这一观点，其中许多早于欧洲最著名的日记。例如，日本的传统日记文学可以追溯到平安时代（794—1192），并产生了许多值得注意的作品，如藤原道纲母（Michitsuna no Haha，日本，934—995）的《蜻蛉日记》（*Kagerō Diary*）和菅原孝标女（Sugawara no Takasue no Musume，日本，约1008—?）的《更级日记》（*Sarashina Diary*）。这些文本类似西方日记，侧重忏悔和自传体，但往往是诗歌和散文的结合。这些早期的日语文本在什么程度上可以与后来的日记相提并论？学者们对此持有争议。珍妮特·沃克（Janet Walker）提醒人们不要将体裁普世化，并认为通过跨文化视角体裁分析最终应促成"对西方通用分类和描述的修订"（203）。许多学者同意，在西方语境之外识别自传体叙事就是鼓励对固化的体裁定义进行重新思考。阿萨图·姆博杰–普耶（Aïssatou Mbodj-Pouye）在马里的日记写作研究中阐述了这项工作的困难和收获：

> 通过离自我写作如此遥远的实践来探索"创造自我"意味着什么,可能听起来自相矛盾。但是,恰恰是因为它们是在没有固定的自我书写样模版的情况下出现的,当没有真正意义上的自我塑造空间时,这些实践是探索主体性的基础,值得关注。
>
> (206)

的确如此,因为世界各地的日记作者不受制于西方流行的日记形式,有能力创造新的自我表达形式,从而扩展我们对日记的认识。

这里给出的日记历史非常简短,很容易使复杂的话题简化,这个话题迄今仍然在历史学家和文学评论家之间引发争论。对于日记读者来说,了解日记的主流历史很有价值,这在关于体裁的学术研究中具有相当大的影响,同时读者也应认识到,关注不同的声音和文本,可能会改变这一历史。本书展示了日记历史的不同面貌。日记作为一种公认的文学形式,有待读者对它出现的方式、原因和时间进行进一步探索。

倾心日记

学者们早已认识到,相比其他文学体裁,读者与自传体写作的关系更为亲近。从读者和日记之间形成的强烈情感联系来看,这一点极其明显。辛西娅·A. 哈夫(Cynthia A. Huff)将阅读日记描述为一种"爱的付出"（506），而瓦莱丽·劳尔（Valerie Raoul）则写道："阅读私人日记至少需要对日记作者有一丝认同和体谅。（149）"大卫·帕特森（David Patterson）主张，在某些情况下，对日记进行个人回应是一种道德责任。他认为，大屠杀日记的读者，尤其是犹太读者，有责任从日记的字里行间反观自己民族的经历（15）。这样的回应并不局限于非小说类日记。莎拉·戴（Sara Day）指出，虚构日记中的"叙事亲密感"是必然形式，她相信这种形式加强了读者和虚构日记作者（叙述者）之间"基于信任和倾诉的情感纽带"（3-4）。日记阅读的这些特征强调阅读体验的情感品质，这可能是由于读者对日记作者的认同感或亲近感引起的。阅读日记可能会引发一系列的情绪反应，包括愤怒、依恋、同情、批评、排斥、窥视和爱慕，而这些反应是阅读体验中合理且有价值的元素。

读者和日记、日记作者之间的纽带有助于解释为什么这么多关于日记的学术著作都涉及个人因素。学者们经常反思他们发现、阅读或研究日记的经历，在许多情况下，研究性叙事变成了学者对自己日记的讨论。本书的前言就是学术研究和个人体验融合的一个例子。苏珊娜·邦克斯（Suzanne Bunkers）谈到她对美国妇女日记的研究时，描述了她最初是如何"设想以'客观观察者'的身份看待这些文本的"，但很快发现"作为一名读者和学者，这样的立场既不可能也不可取"（18）。

我自己的经历、态度和信仰必然会影响我对另一位女性的日记或日志的阅读和理解。不然还会有其他可能吗？必须记住的是，为了自己以及最终阅读我的研究著作的人，我需要尽可能谨慎地确定个人的感知影响自己阅读日记和日志样本的方式。我的研究模式就是自我反思的模式。

（18）

然而，并不是所有人都认为情感依附是日记批评的一个有价值的组成部分。福瑟吉尔（Fothergill）称这种学术研究"在真挚的感伤中言之无物，离题万里"（8）。邦克斯和福瑟吉尔的立场不同表明，在文学批评领域，更重大的分歧是把个人经验引入文本解读是否合适。

将自我反思融入学术写作是一种学术方法，称为个人批评。这是自我指涉写作有悖学术研究的客观性传统，而长期以来客观性立场即意味着严谨性和权威性。在文学批评领域，新批评家认为文学分析是一种科学方法，读者对文学文本的个人、情感或审美反应不可能成为文本分析的合理组成部分。这是一种根深蒂固的态度，丽塔·费尔斯基（Rita Felski）称之为"怀疑式阅读"，即普遍认为，要准确、出色地"做批评"，必须以"质疑或彻底谴责的精神"看待研究对象（2）。然而克劳迪娅·泰特（Claudia Tate）力辩，"当我们援引客观性和普遍性时，我们诉诸权力，使我们的主观理解神秘化，以便成为所有人的喉舌。同时我们也压制了那些无法接近权力、使用权力的人"（1147）。客观、冷静的批评立场成了虚假的托词,受到了一些学者的驳斥,他们主张有必要确定学术研究在个人和政治方面的利害关系。女性主义文学批评一直走在这一实践的前列,因为女性主义批评家既认识到客观批评立场的隐含性别化,也认识到女性经验的特殊性需要得到体现。在批判性阅读实践中承认主观性的价值也有助于扩大读者可能经历的情感反应的维度。读者不再拘泥于怀疑的态度,而是可以探索文本可能激发的全部情感层次,包括爱情。本书将帮助读者对日记进行实质性的、有依据的文本分析,同时促使他们认识到阅读日记时产生情绪波动是正常的反应,这样的回应可以使我们充分了解该体裁如何运作,为何如此具有影响力。

为什么阅读日记?

在一些领域中,人们认为是日记愚蠢可笑、虚无缥缈,且易被忽略。本书摒弃了这些平常的先入之见,提出日记是有意义的复杂的文学作品,超乎读者的阅读期望。实际上,我认为大多数读者对理解该体裁的特征并无充分准备,从而造成对日记文本价值贬损。面对排斥常规解读方式的文本,人们可能会倾向于将其整体忽略。读者若期待深入研究日记文本带来的挑战,以找回在文学史上可能遗失或受到忽视的声音,本书可供参考。

那么为什么要阅读日记?

因为日记讲的故事在其他文学形式中少有涉猎。

因为日记讲故事的方式出乎意料,要求我们以不同的方式阅读。

因为日记拒绝遵守文学规范,提醒我们语言拥有的惊人能力。

因为许多人只能选择写日记,不能进行其他形式的写作。

因为对于许多人,写日记是他们最后、最英勇的见证和反抗。

因为许多读者也是日记作者,看到自己在文学中的镜像意味着强有力的自我肯定。

因为日记邀请我们体验深刻的认同感和亲密感——甚至是倾注爱意。

出于以上原因,以及你自己发现的原因,日记值得一读。这本书旨在为你提供帮助。

基本问题1
日记是私密的吗?

对日记常见的描述指向它的私密性。然而,和其他许多事物一样,只要仔细观察,最初一目了然的基本事实的东西就变得不那么确定了。"隐私"与"未发表"常常相互关联,一般认为未发表的日记不打算给其他人阅读。但是,在过去,日记通常是与他人合写,与朋友或家人分享,在社交聚会上朗读并抄写成信件的。如今,日记发布在网络空间,有数百万人阅读,而不会以传统方式出版。这些写作方式、流传途径和阅读习惯挑战了未发表的日记与隐私之间的关系。

发表的日记也会破坏隐私的性质。有人会说，如果作者没有出版意图，或者他们以"透明"的方式写个人的事情，毫无隐讳，那么已经发表的日记仍然可以被视为私密日记。但是，并非总是能够确定日记作者的出版意图，作者也并非总是能够决定日记是否发表，是否允许他人阅读。同样，叙写私人话题也是该体裁的惯例，可能并不反映日记作者对读者的态度。实际上有些日记作者为了出名，有可能透露秘密或讲述亲密体验以寻求出版。这个讨论已经从简单的公开和私密二元结构转向了一系列相互关联和重叠的问题，包括作者意图、受众、出版状态和接受度。

每本日记的社会和历史背景也应予以考虑，因为隐私的概念既有文化上的特殊性，也有历史上的流动性。简而言之，隐私不是一个简单或稳定的类别。公开和私密之间的区别随着纷纭芜杂的社会现象而不断变化。隐私也不是一个中立的状态。区分公共领域和私人空间，以及决定谁有机会接触这些不同的经验范畴，都是政治权力的表现。帕特里夏·迈耶·斯帕克斯（Patricia Meyer Spacks）很好地概括了"有私人权利"和"没有私人权利"之间的区别："个人可掌控"的私人权利与"访问受限"的私人权利（20）。例如，日记作者兹拉塔·菲利波维奇（Zlata Filipović，波斯尼亚，1980— ）设法出版她的日记，以提高全球对萨拉热窝围城的了解，她和其他波斯尼亚人被困在家中，与世隔绝。正是她的平民身份，尤其是她还只是一个青少年的事实，使她有权利描述萨拉热窝人民的日常经历，并在一定程度上使她免受报复。她有私人权利描述战争，但没有私人权利把控实际政治或军事活动。她被困在私人空间，但采用了本应是私密的写作形式来参与公共话语的讨论。这些细节指向了隐私的复杂性。一方面，隐私可以是一种特权地位，与内心状态、闲暇和安全感有关。在一个安全和平的空间里独处，是世界上许多人所没有的奢侈。另一方面，隐私可能是一种压迫性的结构，限制人们进入权力场所、参与公共话语。禁止全面参与公共领域的活动是削减力量、剥夺公民权利的一种方式。因此，对于一个日记作者而言，想要保持日记的私密性——或者拒绝这种通用分类——可能牵涉身份、社会地位、政治和权利等问题。

尽管存在这些复杂的变量，日记和隐私之间的关联仍然是一个有影响的概念。劳伦斯·罗森瓦尔德（Lawrence Rosenwald）称之为日记体裁的一个典型的误解（10）。一些学者把日记描述为"好像"文本：我们阅读日记，"好像"它们是私密的，即使它们并不是（Paperno 565）。实际上阅读日记的某些乐趣恰恰来自感觉它们"好像"是私密的，虽然已经出版（Hassam,"Reading" 442）。基于这些看法，隐私不过是众多惯例中的一种，日记作者可以随意采用、改编或摈弃。日记作者知道，读者在阅读文本时会怀有期望一窥隐私，因而会利用这种想法对写作元素进行取舍。凯莉·卡德尔（Kylie Cardell）在分析以书籍或博客形式发表的日记时，认为即使在这些公开的形式中，隐私仍继续占主导地位。她写道，"日记是一种完全公开的形式，用来直接讲述私密经历"（*Dear* 142）。

日记既涉及隐私，又干扰了隐私，使用现有术语对这种性质加以描述可能很困难。我们在第五章中将看到,数字日记之类的网络写作要求学者使用复杂的术语,例如"公共隐私"(Lange)和"联结隐私"(*Kitzmann*, *Saved* 91)。然而,当我们将日记定义为私密时,使用区分更细致的术语可以更精确地描述我们试图描述的特征。更丰富的词汇可以使读者能够准确地解释日记与私密日记这一概念的关系。

日记的情绪、风格或内容	忏悔
	日常
	亲密
	内省
	私人
	反思
	隐秘
日记作者采用的限制他人阅读的写作技巧和素材加工方法	编码
	隐藏
	加密
	保护
日记的处理方式(作者、编辑、家族成员、档案馆,等等)	删节
	审查
	编辑
	调整
	限制

22　　　日记是私密的吗？更准确的说法其实是日记引导着人们对隐私的看法。一些日记作者使用密码或其他掩饰手段，费尽心思隐藏他们的日记，或限制读者阅读全部或部分写作内容，但其他很多作者能够大致理解别人（包括大众读者）阅读自己日记的方式和原因。日记告诉我们，公开和隐私有许多不同的形式，文学文本接触这些概念的方式也多种多样，不应该使用非黑即白、非公开即私密的分类方式评价日记。

解读日记手稿和不同日记版本 2

2 解读日记手稿和不同日记版本

请在脑海中想象一本日记。几乎可以肯定，你在想象一沓纸，覆满了手写字迹，也许装订得像笔记本，也许用花体字印着"日记"字样，封皮还可以用把小锁锁上。人们普遍认为日记是手写的文章，折射出过去日记是用笔和纸书写的事实，但视觉图像文字一直延续到现在，人们也同样可能在计算机或数字设备上写日记。在本书的其他部分，我将探讨为什么读者会把日记与手写纸质材料联系起来，为什么这种感觉在日记小说中尤为常见，为什么还一直持续到数字时代，解读日记手稿以及曾经是手稿但已转换为印刷版或数字版的日记是实实在在的挑战，本章就此进行讨论。日记手稿是文本分析的重要对象，因为它们的物质特征具有第二层交流功能，可以补充或增强页面上词汇的含义。读者需要知道如何阐释这些特征，并运用阅读技巧分析这些特征。但事实上，大多数读者不会阅读日记的原始手稿，而是阅读印刷版或数字版。从手稿到出版稿，日记所经历的变化为阅读体验带来了新的维度，而这是原始稿所没有的。读者可以探索日记作者如何撰写手稿来深入了解日记，也可以研究作者、编辑或出版商为了制作不同的版本对文本做出的修改，从而对日记有所认识。制作不同版本涉及一个修改的过程，读者通常看不到，但这一过程值得探索，因为它深刻地影响了阅读体验。

日记手稿采用了许多可能的途径来接触读者。如图2.1"读者路径"所示，日记通过许多路径和地点，每条路径和地点都有可能改变文本。某些情况下，日记作者允许读者直接阅读他们的手稿；另外一些情况是日记作者准备自行出版，即所谓的自编版。这也许是通向读者最直接的两条途径。但即便如此，也可能涉及对原文的重大修改，无论是在作者编辑的早期阶段，还是在进行编辑处理准备

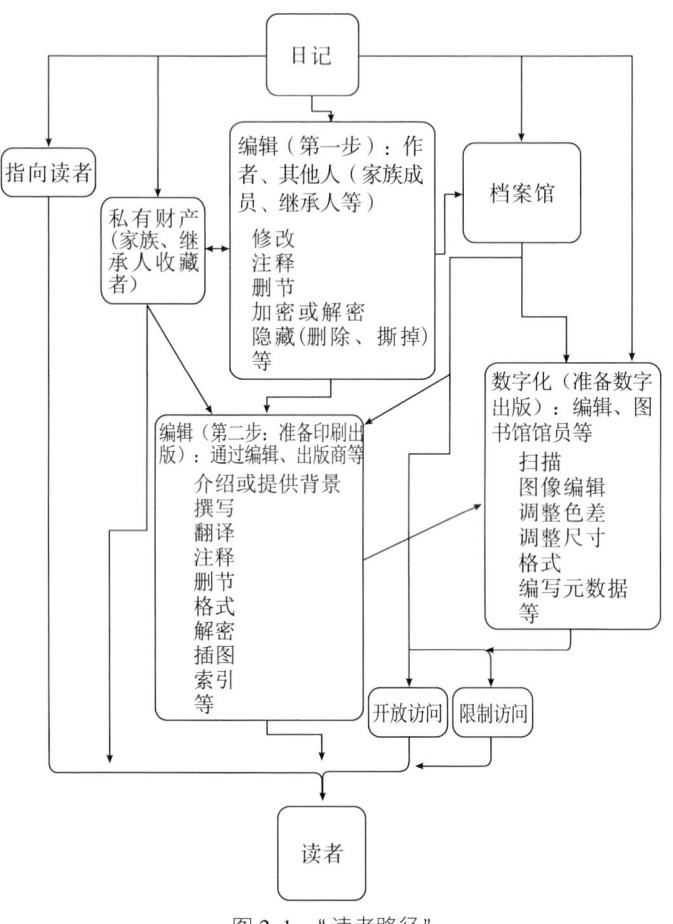

图 2.1 "读者路径"

出版的后期阶段。其他途径也会使日记产生变化，编辑或出版商大量参与制作新版本更可能使之面目全非。这些人有自己的动机，每个人又都是时代的产物，所有因素都可能影响他们如何删改日记以供刊印。数字化技术的发展意味着越来越多的日记可以用数字格式复制手稿进行视觉还原，我们会看到，即使是看似简单的扫描手稿的过程也会使日记产生变化。大多数情况下，档案管理员、编辑、出版者和其他人对日记手稿所做的改动，目的是利于读者查阅和理解，但它们仍然是改动。因此，我们应该在研究日记的同时，对这些改动的细微之处给予同样的关注。

在本章的开头，我将探索"读者路径"上最有影响力的地点之一——档案馆。档案馆看起来可能是没有任何倾向性的手稿储存库，实际上它是一个复杂的空间，在批判理论中对它的历史背景和政治色彩有激烈的争论。我将首先概述这些争论，之后为读者提供一个框架，以探索原始日记的手稿以及经过改编后制作的印刷版和数字版。我确定了六个最常见的版本——影印版、自编版、家族编辑版、调整版、评注版和数字版，它们的出版使读者可以接触到手稿日记，并协助读者审视每种版本如何影响日记的含义。最后，我建议学生、学者和普通读者可以自己制作日记版本，为日记知识体系做出贡献。

日记和档案馆

不管日记是否曾经存放在档案馆中，档案馆这一概念对解读日记都具有重要意义。"档案馆"一词指的是书籍、文件和其他物品的物质存储空间，如图书馆、特殊藏品馆、博物馆或历史学会。作为一个概念，它涉及对一系列关于制度化知识和社会权力结构的广泛关注。与之相关的批判性理论中的争论不仅牵涉重大、抽象的问题，也牵涉研究或阅读档案文献（如日记）的行为本身。把它作为一个概念来探讨，我们可以质疑为什么有些日记被保存在档案馆中，而另一些则被排除在外，它是如何参与维护或瓦解占主导地位的社会规范的。对档案馆持批评态度但仍依赖特定档案馆对日记进行研究的读者和学者，他们有哪些选择？

当代对档案的批判起源于两位著名的法国理论家米歇尔·福柯和雅克·德里达（Jacques Derrida）的著作。在《知识考古学》（*The Archeology of Knowledge*，1969）中，福柯认为档案不是可靠的文献收藏，而是流行的意识形态或信仰体系的表达，因此，从档案中获得的所有知识都是偶然的。德里达的《档案热》（*Archive Fever*，1995）将精神分析应用到档案中，认为虽然罗缕纪存是一种非常强烈的人类本能，但档案保存归根结底是一种社会控制工具，决定了谁可以主张权力并行使权力。这两种解释有助于学者认识到档案在表达国家权力和剥夺某些群体的权利方面所起的作用。档案机构在历史上一直将自己定义为（而且仍被一些人视为）收集和编目材料的中立资料库，而我们现在将档案管理的这些做法看作是生产方式，生产国家认可的关于真相、价值和意义的叙事。琼·施瓦茨（Joan Schwartz）和特里·库克（Terry Cook）指出，"档案表面上只是描述，实际上创造了历史和社会现实"（7）。的确，由于没有保存挑战主流社会规范的文献记录,或准确识别了这些文献而不予保存,档案压制了某些阶层的人群。马琳·马诺夫(Marlene Manoff)写道,将某些东西从档案中抹去,无异于将其从历史中抹去(12)。阿兰娜·库比尔(Alana Kumbier)特别提到在许多档案馆中"当个人和群体在图书馆和档案构成体系中无法被识别,没有姓名,也没有编进索引时,他们将消失得无影无踪,至少难以寻觅"(114)。制度化的做法可能导致历史记录存有偏见,残缺不全,甚至某些声音或叙事完全消失。

这些问题促使分析日记的新方法出现。例如,对档案的批评要求读者考虑,是否有可能根据现有的记录还原某一时期或某一地区的历史,做到内容完整,各方兼顾。西方殖民主义的历史为这种做法带来的挑战和回报提供了案例。有大量档案记录了殖民主义的扩张,如安·劳拉·斯托勒(Ann Laura Stoler)所说,殖民地政府是"信息饥渴的机器",通过收集信息来获得权力("Colonial"100)。这些官方保存记录的做法在档案馆中有个人和自传性文件作为补充,例如美国白人和欧洲人在探索、旅行或在殖民地生活时写的日记和信件。其中一个最臭名昭著的例子是托马斯·斯特伍德(Thomas Thistlewood,英国,1721—1786)的日记,他是牙买加的一个糖料种植园主,日记详细记录了他对被奴役的人施加的暴行,包括他与被奴役妇女的性关系。许多读者都注意到,斯特伍德在高雅文学实践上的努力(如日记写作)与他对被奴役者的野蛮行径之间似乎存在矛盾,但事实上,他的日记表明,日记可以成为殖民统治的工具,殖民者通过日记来确立自己权力的合法性,非人化被殖民者和被奴役者。

斯特伍德的日记是还原殖民主义和奴隶制真相的宝贵文件,但对于有兴趣全面了解当时情况的读者而言,仅展示了事实的一个侧面,多有不足。档案文献对殖民地历史通常持偏颇的观点,可能会记录殖民地民众,但这些人很少有机会为自己发声。对于那些对档案政治敏感的读者而言,困难在于如何浏览日久年深的信息系统,以发现那些被边缘化的或模糊的观点。斯托勒建议"依循档案的脉络阅读"或关注指导档案实践的意识形态(*Along* 53)。玛丽莎·富恩特斯(Marisa Fuentes)在研究加勒比奴隶档案时,将其重新定义为"沿着偏见的脉络阅读"或寻找方法释放出档案中刻意抹去的被殖民者的声音(7)。例如,学者们逐渐发现除了对恐怖暴力的记载外,斯特伍德的日记也零碎记录了男女奴隶的生活细节。丹妮尔·史凯恩(Danielle Skeehan)指出,斯特伍德对女奴制作刺绣服装的描述,为我们提供了"一个早期的大西洋黑人妇女形象的写作实例"(105)。

除了探索阅读现有档案材料的新方法外,学者们还呼吁寻找新的文献记录,找回受压制或被遗忘的声音。在殖民地范围内,这包括寻找被殖民者或被奴役者以第一人称记述的文字。我们在第一章看到,许多学者认为这样的自传体文本根本不存在,这一论点的前提是认为自传体实质上是一种西方的写作形式。一些早期学者甚至认为,被殖民者没有自传体写作是他们欠缺文明或欠缺主体性的证据。然而,后殖民主义和女性主义批评者对该论点进行了反驳,认为"边缘化的人群"早已通过"操纵或破坏(已经)得到公认的标准形式"来讲述自己的故事（Malhotra and Lambert-Hurley 5）。玛丽·路易斯·普拉特（Mary Louise Pratt）创造了"文化汇融"一词，用以描述被殖民者出于自身目的，接受主导文化并对其进行再创造的过程（6）。日记再次用来说明传统文学形式可以作为存储库，容纳讲述历史的不同类型的叙事。阿马尔·辛格（Amar Singh，印度，1878—1942）的日记呈现了英国对印度殖民统治的文化汇融反叙事。作为拉杰普塔纳邦拉杰普特州的上层人士，辛格是个"跨界"人物，他在拉杰普特州和英国殖民社会之间通行无阻，能够"转换角度"，抵抗殖民叙事（Rudolph 4-5）。他的文化"跨界性"表现在日记的形式和内容上。例如，他用英语写作，而不是用母语印地语，但他也用日记记录和庆祝拉杰普特的文化传统。辛格的日记证明了在新的环境下，体裁可以担当新的角色。寻找并保存像辛格这样的日记，对于确保档案馆能够提供丰富、完整的殖民历史记录至关重要，但它们可能不容易找到，而且可能会挑战我们对体裁和身份的理解。

最后，对档案的反思是呼吁创建新的、更具包容性的档案馆。激进分子主张边缘化群体成员发展自我表达形式和档案保存形式，"从头开始"建设档案，以此对群体成员的生活和经历表达敬意，并将档案建设变成一种结盟行为（Kumbier 117）。今后可以采用哪些新的、有创造力的方法来建立更加开放、更崇尚平等主义的档案馆？这样的档案馆会是什么样的？它可能收录什么类型的日记？尽管档案馆不能免受各个历史时期的政治影响，但由于它们收储独一无二的资料，其中的痕迹和碎片也许可以为读者还原一个更完整的过去，因而将继续在知识的繁衍中秉轴持钧。

解读日记手稿和不同日记版本

读者可以通过许多途径接触到日记,每一条途径都会产生千丝万缕跟日记相关的补充信息,值得分析。阅读日记的手稿只是其中一种获取途径,但尤其具有挑战性,因为它要求读者具备检视手稿的物质特征所必需的分析能力。阅读日记的印刷本似乎更容易也更熟悉,但实际上,每一个不同的版本都为文本引入了新的层次,应当与日记作者的文字一样仔细研究。如何识别日记文本使用的编辑技巧,如何识别支配编辑决策过程的价值观念,学习这些可以帮助读者积累分析不同日记版本的技巧。数字版本将手稿分析与编辑分析结合起来,同时也引入了一系列新关注点,着眼于数字化所采用的特定机制和访问模式。本节将提供分析框架和阅读问题,以帮助读者解读最常见的日记形式——手稿、印刷版和数字版。

日记手稿

许多人认为阅读未出版的日记手稿是一种荣耀。执有原始手稿,能够触摸,能够阅读,为研究分析日记提供了康庄大道,这是只能使用复制品的读者无法获取的。档案文献往往被看作是地位神圣的文物,使人们有可能直接、准确地获取历史真相,而手写稿由于与作者亲密接触,会给读者带来亲近感,具有特殊的力量。所以阅读手写稿是一种强烈的个人体验,甚至辨认笔迹也会让读者感觉接触到直接、真实的自我表达。日记手稿作为物质实体,通常是独一无二、不可复制的，这一点更使人们意识到手稿的形式能和内容一样去传情达意。

有权使用日记手稿的读者也被视为拥有研究人员的资格。能够进行档案研究是包括文学领域在内的许多学术领域中具有的专业地位和成就的标志，特别是因为大多数档案只限于少数特权群体使用。即使是公共档案，也只有那些能够投入时间和金钱去接触的人才能获得。许多档案馆规定的查阅流程也加强了手稿研究的排他性：在借阅处出示证件，进入安静的阅览室，等待图书管理员取来文本，等等。查阅流程的仪式感增强了这样一种印象，即触摸和处理珍贵的实体文本的形式过程蕴含的知识超过了文本以其他形式所能传递的知识体量。在中世纪手稿的研究中，莫拉·诺兰（Maura Nolan）说："我们无法阅读抽象的手稿（470）。"阅读的触觉体验取决于文本的形状、重量、手感、质地、颜色、气味、味道和其他感官信息。但是，即使我们珍视阅读档案手稿的经验，也必须认识到这种看法反映了档案馆的政治历史，反映了档案馆为社会特权制度和阶级特权制度做出贡献的方式，这一点很重要。换言之，学者们对"档案"的地位提出了疑问（在前一节中讨论过），也开始对档案研究的学术投入提出疑问，并鼓励学生和学者反思他们对手稿与复制品的先入之见。

尽管如此，许多学者认为，研究手写日记的原稿可以补充书面文本的文字含义，有时甚至会从根本上改变关于日记的已知事实或公认的事实。例如，夏威夷女王利留卡拉尼（Lili'uokalani，1838—1917）撰写的日记展示了手稿对文本的解读有多大作用。米里亚姆·福克斯（Miriam Fuchs）解释说，围绕着利留卡拉尼撰写的《夏威夷女王的夏威夷故事》(*Hawaii's Story by Hawaii's Queen*，1898）一书，产生了很多问题，部分原因是她在该书中采用的写作风格与她同时期的日记风格之间存在明显的差异，她的日记极其简略、零碎，导致有人质疑她是否有能力进行文学创作。为了研究这个问题，福克斯首先处理了利留卡拉尼日记的抄录本和复印本（这些日记从未出版或数字化）。阅读这些版本后，福克斯观察到了许多令她困扰的文本特征，她也开始怀疑利留卡拉尼不可能是《夏威夷女王的夏威夷故事》一书的作者。但是，福斯并没有接受这一初步结论，而是要求查阅保存在限制级档案中的原稿。她描述了第一次看到手稿的情形，并发现利留卡拉尼选择的媒介对日记的内容有着深刻的影响。表面上看起来是作者表达能力或写作风格的局限，而实际上完全是由于日记开本很小，形状又不同寻常造成的。福克斯讲述了这段经历，以为警示。在没有接触原始文件的情况下对日记做出结论是冒险之举，即使是看似直接的复制方式，例如抄录和复印，也可能最终"起到扭曲原始文本的作用"。

玛丽·穆迪·爱默生（Mary Moody Emerson，美国，1774—1863）的个人写作为日记手稿如何传递信息提供了另一个例子，如果不直接与原稿互动，这些信息可能无法感知。爱默生采用了一种非传统的创作形式写了许多卷手稿，且并未出版，她称之为"历书"，而诺埃尔·贝克（Noelle Baker）则称之为"历书、一般性书籍、书信体散文和日记的合集"（31）。贝克指出，爱默生写作的手稿形式使她有机会通过"非语言元素"与之进行交流，包括所谓的

"折页"。她会在散页、纸片上写作，折叠成小块后用针线缝进她的历书（52；见图2.2）。尽管爱默生"历书"的数字化版本正在制作中，但像折页这样的特征，即使在数字传真机中也难以复制。要再现打开折页以获取其中内容的触觉体验将特别困难，但这种体验无疑对理解爱默生的意图至关重要。折叠和缝合不是典型的写作形式，但是爱默生的"历书"证明了写作工具的使用和工具所创造的实体是打开文本分析的新层次的，读者触摸手稿的能力提升了这一层次。

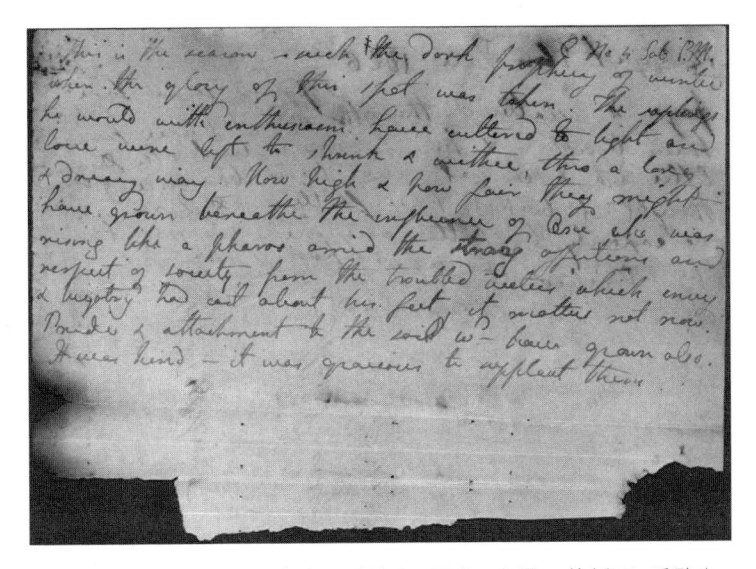

图 2.2　1826年玛丽·穆迪·爱默生"历书"中展开的折页。爱默生家庭文件，1699—1939。马萨诸塞州剑桥市哈佛大学霍顿图书馆爱默生纪念协会收藏

阅读日记手稿可以激发人们对纸质文件所包含的独特、强烈的自我表达方式的兴趣,这种方式只有文本在手的人才能看到或识别。但是,学习如何解释手稿的观感和触感需要一套专门的技能,埃文·克洛夫(Evyn Kropf)将其定义为"物质手稿素养"(70)。下列问题有助于读者培养物质手稿素养。通过培养对日记手稿的物质特性的确切认识,读者能够得出结论,补充对日记内容或相关背景的理解,如日记作者的传记或所处的历史时期。

- 日记作者使用了什么物质形式,或什么媒介?为什么使用这种媒介?
- 日记是否装订?该日记的阅读方式有什么潜在意义?
- 日记本是手工制作还是批量生产?有没有透露关于日记作者的任何信息?
- 日记使用的载体如何支配或试图支配日记的内容?
- 日记作者遵从还是背离了载体的支配?
- 纸张的种类、质量、质地或尺寸是什么?这揭示了什么?
- 日记作者使用什么书写工具?对文本或其可读性有何影响?墨迹或铅笔字迹的深浅是否能显示日记作者写作的时间或频率?
- 描述日记作者的笔迹。其书写特征有什么显著的规律或变化?是否与日记的内容有关?
- 日记中是否还有其他重要的视觉特征?传递了什么信息?
- 日记作者如何利用页面的空间?是否有未使用的空白?日记

作者是否留出页边距，或写到页边？
- 日记作者如何记录日期或使用其他时间标记？在什么位置？
- 日记是按时间顺序排列文本还是遵循其他逻辑排列？
- 日记作者是否在文本中包含视觉图像或材料（剪报、插图、图画、照片等）？它们和日记的内容有关吗？如果有，相关性如何？
- 作者是否在日记内使用了其他记录方式，如债务或费用、账簿清单、重要日期等？它们出现在什么位置？在日记内是怎样使用的？这体现了日记的什么功能？
- 日记作者是否使用密码或其他视觉符号，包括缩写或首字母？有什么功能？
- 是否有证据表明使用了省略、涂抹或删除等隐藏手段？能推断出是谁做的吗？什么时候？为什么？
- 是否有证据表明日记作者预期会有读者，或寻求读者？这对你的文本分析有何影响？
- 实体文本是否表明已有人阅读过这本日记？能证明文本经过处理吗，比如编辑、插入、评论、审查或其他处理？
- 如果你阅读同一个人的多卷日记手稿，所使用的物质形式在各卷中是相同的还是不同的？日记中的这种一致性或变化有什么意义？
- 关于手稿的历史有哪些资料？是谁保存的，为什么？它是怎么被保存在特定的档案馆里的？这些背景信息对日记本身意味着什么？

影印版日记

影印版是日记手稿的印刷版,不抄录、分析或注释原稿,而呈现的是对文本的直接拍照复制。这种直截了当的性质常常导致影印被认为是简单、敷衍的复制,缺乏其他版本具有的理论深度。迪诺·布兹蒂(Dino Buzztti)和杰罗姆·麦甘(Jerome McGann)等学者驳斥了这种看法,并强调制作影印版要求提供复杂细致的解释性。乔治·伯恩斯坦(George Bornstein)写道,"影印本并非复制品,而是自成一体的'新版本'。"(101)这样一来,它们便可以减少读者对原作的"访问压力",以微妙又不容忽视的方式影响读者解释文本。许多现代的影印本,用大量彩色照片作为插图,较之传统的仅供阅读的版本,和有收藏价值的艺术书籍或礼品书有更多共同点。数字化技术的兴起导致影印本的生产随之减少,因为数字化视觉层次复杂的手稿比印刷影印本更为经济。然而,有几部重要的影印本值得一提,例如让·米歇尔·巴斯奎特(Jean-Michel Basquiat,美国,1960—1988)、库尔特·科本(Kurt Cobain,美国,1967—1994)和弗里达·卡洛(Frida Kahlo,墨西哥,1907—1954)的日记与笔记,以及插图本日记集,勒热纳(Lejeune)和博盖尔特(Bogaert)的《我的日记》(*Un Journalà Soi*)以及斯奈德(Snyder)的《无语之言》(*Beyond Words*)。

- 日记作者同意将文本制作成影印本,你对此如何看待?谁是目标读者?目标读者如何影响在翻印文本时所做的编辑处理？
- 影印版本在开本、颜色、质地、长度、内容等方面与原始手稿有何不同？这些差异如何影响你对文本的解读？
- 哪些与日记相关的其他信息有助于全面理解文本？

自编版日记

自编版本是作者本人编辑的日记，包括手稿和已出版的版本。日记作者编辑日记的原因有很多：或出于个人目的，或考虑到将来的读者，或准备出版。第一阶段编辑采取多种形式，例如回顾以前的日记，页边添加评论或注释、插入需要澄清的细节、解密代码等。很多时候，日记作者会进行编辑处理，以隐藏自己曾经记录的信息，比如删掉某些文字、移去某几页内容等。这些更改可以直接在纸质手稿上进行，因而会在文件上留下痕迹，显示出日记更改的过程。但是，有时可能很难最终确定日记手稿的更改是由作者本人还是由其他人出于某种个人动机做出的。因此，读者在对日记手稿的编辑修改痕迹做评价时，一定要慎重。

一些日记作者编辑自己的日记以便出版，这种做法与日记作者只为自己写作的观念相悖。他们的出版意图受到强烈的批评，甚至受到其他日记作者的谴责。弗吉尼亚·伍尔夫说："在作者有生之年出版的日记并不比仅供自娱的个人版报纸高明，甚至往往更糟。"（259）伍尔夫的批评表达了这样一种态度：为出版而写的日记必然肤浅、虚伪，而非亲切、诚实。如果出版的意图使日记作者受到鄙视,那么为出版而编辑日记的行为也是如此。阿娜伊斯·宁(Anaïs Nin,美国,1903—1977)生前已开始出版日记,但她去世后,她的日记又出了新版本。这些"未经删节"的日记与阿娜伊斯出版的日记明显不同,显示了她早期自编版的修改幅度。这些变化不仅包括修改语句、重新排列篇目,还包括删除某些关键人物,像阿娜伊斯的丈夫,他没有出现在自编版本中。类似的变化只有存在多个版本的日记可以比较时才会了然于目,需要注意的是,在阿娜伊斯的例子中,原始的手写稿不易获取(现存加州大学洛杉矶分校的图书馆),而未删节版已是编辑删节后的版本。许多读者认为阿娜伊斯对日记修改幅度大到不可原谅。卡莎·波利特(Katha Pollitt)说:

> 我们起先以为,第一批日记是极其真实的,一位女性在其中揭露了她的内心生活……现在又要求我们接受(这些未删节版日记),也声称是真实可信的,尽管和第一批日记有重大出入。
>
> (BR3)

其他读者认为,阿娜伊斯的自编日记应该被归类为自传体作品,而不是日记,因为它们不具备日记自然随意、未经雕琢的本质。换个角度看,阿娜伊斯的编辑本身也可以被看作是自我表达的方式。通过比较阿娜伊斯的自编版和未删节版,可以了解她的创作目的以及她对日记体裁的理解。

自编日记对一些先入为主的观念提出了疑问:日记是作者为自

己而写的，不想要也不寻求读者；日记这种写作形式缺乏艺术性，直截了当，不具有文学性，在质量和风格上与打算出版的自传体裁截然不同。自编日记显示，一些作家确实将日记视为一种可出版的文学形式，他们写作、修改和编辑日记的行为与撰写传统文学文本的作家所做的一般无二。此外，自编版本也改变了一般的看法，不再将日记手稿视为真实记录，或将出版的文本视为虚构作品。当阅读作者准备出版的日记时，读者会发现，把编辑修改看作是写作的一种形式，可以丰富日记的内容层次，这种视角对日记风格更有助益。

- 什么信息可以揭示日记作者编辑文本的方式、原因或时间？
- 是否可以将自编版本与日记手稿或其他版本进行比较？如果可以，日记作者做了什么改动？这些改动说明了什么？如果不能比较，对你阅读自编本有何影响？
- 有批评认为某些寻求日记出版的作者没有在写作中呈现本人真实的风貌，作者应该如何明确或委婉地对此进行回应？这种认知如何影响你自己对文本的解读？

家族编辑版

家族编辑版日记是由与日记作者关系密切的人编辑的日记：配偶、父母、子女、朋友、继承人等。所做的编辑修改可能是在日记作者本人的编辑基础上进行增添，也可能是对文本的仅有的修改。家族版因着力保护、提高日记作者的声誉而风评不佳。他的亲属和后代常常投入大量精力以推出一个理想化的作者形象，这种动机驱使一些家族成员大规模破坏文本，例如删除他们认为尴尬的或直白的内容。如前所述，当读者遇到这种已经被修改的日记手稿时，可能无法确定是谁做了这些修改，因而不易理解日记修改的原因或修改的意义。在阅读家族版日记时，这些问题可能会更清楚。家族版不仅反映了日记作者的价值观或背景，更反映了家族成员的价值观或背景——有时两方会发生冲突。例如，杰布·亚历山大（Jeb Alexander，美国，1899—1965，又名 Carter Newman Bealer）在日记中坦承了同性恋身份，他的侄女 1993 年出版他的日记时，用了假名来掩盖他的身份。尽管 20 世纪 90 年代对同性恋的普遍态度没有亚历山大生前那么严苛，但还是影响了出版的文本，说明家族编辑版可能需要置于多种历史背景下解读。亚历山大的侄女对文本的修改也显示了非专业编辑如何运用学术编辑或专业编辑不太可能使用的处理方式。例如，她把亚历山大的五个兄弟姐妹合为一个，因为"我想读者会觉得他们很烦人"（4）。可以看到，由学术编辑负责的评注版遵循严格的规则，关注文本的准确表达，但家族版不受这些标准约束，往往更强调故事性，而不是历史的准确性。丹·多尔说，许多家族编辑首先着眼于用日记为他们的家人打造一座纪念碑，而不是为读者提供一个全面的阅读版本（217）。

安妮·弗兰克日记的内容显示家族编辑版日记如何引发作者身份、所有权、版权和收益等难题。《安妮日记》的撰写、编辑和出版的历史受到广泛关注，特别是 1986 年的日记评注版还原了三个版本：A 版，安妮·弗兰克的初稿；B 版，安妮·弗兰克的自编稿；C 版，安妮的父亲奥托·弗兰克（Otto Frank）编选的版本，他结合了部分 A 版和 B 版内容以及和安妮作品的其他片段。尽管许多读者对安妮的自我编辑过程非常感兴趣，但奥托·弗兰克在最早出版的日记中起到的作用，决定了它仍属于家族版。和其他家族编辑一样，奥托省略了《安妮日记》中带有负面情绪的文字，比如她对那些一起藏身的人的怨言。1986 年的评注版里日记的三个版本并列排版，展示了奥托的修改幅度并努力复原安妮的声音（Prose；Shandler）。但是，争议并没有就此结束。《安妮日记》的大多数印刷版都将奥托·弗兰克确定为文本的编辑，但 2015 年出现了一个新问题，即奥托是否应被视为合著者，因为他在制作并出版日记中起到相当大的作用。持有日记版权的瑞士安妮·弗兰克基金会提出了这一说法，试图延续对文本的控制权。根据欧洲法律，版权在作者去世 70 年后到期，这意味着《安妮日记》将于 2016 年 1 月 1 日成为公版书。但如果奥托被确认为合著者，欧洲的版权将延长到 2050 年（这本日记在美国 2047 年版权到期）。在撰写本书之时，奥托的合著者身份仍然存在争议，但争议本身显示日记作者的身份会受到执笔和编辑历史的影响，也会受到日记接受的广泛程度影响（Carvajal；Moody）。安妮·弗兰克的日记说明，家族编辑的版本受多种因素影响，例如人际关系、家族遗产继承、保护或树立日记作家声誉的需要、版权和所有权的法律所属、金钱利益——这些多方面因素决定了读者如何面对并解读文本。

- 对于家庭成员或其他亲属所做的编辑修改,有哪些信息可供参考?这些修改反映了什么个人动机或社会价值观?
- 日记作者试图表达自我,编辑者试图左右公众对日记作者的看法,从哪些方面可以区分两者的目的?
- 家人之间的关爱、顾念、保护或推动对日记编辑工作会产生影响,家族版就此能给予我们什么启示?

经过编辑或调整的版本

在文学研究中,学者们注意到这样一个事实:当作者以外的人在文本出版中扮演重要角色时,这个人就可以起到调节作用——实际上他处于读者和作者之间。性别、种族或阶级问题会加剧调节者的影响,特别是如果调节者属于特权阶级而作者并不是。例如,白人编辑经常参与出版黑人作家的生活叙事。对当时的许多读者来说,得到白人编辑的认可会使文本符合正统。然而,对于当代读者来说,白人编辑在黑人作者的文本中的角色引起了人们对文本真实性的质疑,因为它展现的是黑人的经历。当白人编辑出于自己的目的打造文本时,有可能还原黑人的声音吗?在男性编辑女性作者写作的文本中,可能也有类似的动态因素起作用。当编辑处于特权地位,而作者依赖于编辑才能获得出版机会时,就会产生一种权力差异,这种权力差异可能会对所写内容或内容表达方式产生影响。学者们从许多角度对之解读:这种动态因素或代表声音压制,或文化占有，或谈判协商，或对话交流，甚至可能代表一种合作或合著的形式。有见地的读者不会只看表面，接受经过编辑或调整版本，而是会质询作者如何受到权力和特权的框定。

卡罗莱纳·玛丽亚·德·赫苏的日记（Carolina Maria de Jesus，巴西，1914—1977）代表了阅读经过编辑或调整版日记的挑战。她是一位住在圣保罗贫民窟的黑人妇女，靠拾荒养活自己和孩子。记者奥德里奥·丹塔斯（Audálio Dantas）发现德·赫苏写了一本日记并于1958年开始出版，先是作为报纸专栏，然后以书籍形式出版。这本日记轰动一时，因为它让读者看到了一位由于种族、阶级和性别而被三重边缘化的女性的生活。然而，一些读者质疑德·赫苏是否有能力写作日记，并猜测丹塔斯才是真正的作者。另一些人则批评丹塔斯控制了日记查阅权限并从日记出版中获利。而1999年出版的德·赫苏日记中，其未经编辑的部分证明，丹塔斯对日记原稿进行了文字处理，主要是删除了德·赫苏谴责巴西上层阶级的日记条目（Levine and Meihy 15）。尽管原始日记手稿仍然是丹塔斯的私人所有，但未删节的版本使读者能够查阅日记的编辑、出版历史和读者接受程度的变化，以检视偏见在文本制作中的影响。阅读经过编辑或调整的日记需要仔细考虑，制作一份可供出版的文本并不仅限于编辑文字以保证其可读性，还可能涉及在社会体系中如何定位日记作者。社会体系对日记作者怀有天然的歧视，限制了他们的写作内容和公众对他们的接受程度。

· 作者和编辑之间的根本差异使该版本成为经过编辑或调整的版

本，找出这些差异，并思考为什么制作该版本需要一个起调节作用的编辑？

- 编辑对文本做出了怎样的改动？为什么？编辑自己的声音或观点在文本中以何种方式呈现？
- 以下哪种调节理论（如果有的话）最适用于分析该版本以及日记作者与编辑之间的关系：压制理论、文化挪用、协商理论、对话原则、合作或合著原则？为什么？

评注版

日记的评注版本由熟悉编辑工作，并对原稿的历史或文学背景了如指掌的学者精心编辑而成。有些读者接触不到原稿，或者在没有帮助的情况下难以对原稿进行专业解读，评注版的初衷通常是为这些读者提供便利。历史上评注版都是常规出版物，但归功于数字媒体的多媒体协同合作支持，当下数字评注版越来越普遍。无论是印刷版还是数字版，评注版都属于文本编辑的学术领域，文本编辑有其复杂的历史，理论争论无止无休，用于指导实践的最佳原则不断推陈出新。多数情况下，评注版包括：

　　编辑版：由编辑或编辑团队决定刊行哪个文本或文本的哪个部分，以及如何刊行。

　　誊写版：原文无论是手写稿还是之前出版的版本，都以标准的印刷格式呈现。

注释版：通常使用尾注、脚注或超文本链接，以提供对读者有用的信息。

推介版：提供介绍性文章或补充材料，如地图、家谱或术语汇编，将文本置于其历史或文学语境中。

评审版：其他学者对文本是否符合编辑标准进行了评估。

保罗·艾格特（Paul Eggert）认为，评注版的读者可以通过研究版本的"架构和界面"或所谓的编辑手段，学会辨别编辑决策背后的原则（98）。因此，阅读日记的评注版应该首先了解编辑如何选择版本，如何决断版本内容。如丹·多尔（Dan Doll）所说，每一个编辑在决定如何向读者呈现日记时，都会考虑如下问题："日记是什么？""读者阅读日记的目的是什么？"或者"读者阅读日记的目的应该是什么。"（213）了解这些选择使读者为解读日记做好充分准备。

评注版通常享有权威文本的地位。基于原稿，它们提供的是公认为最佳、最准确或最值得信赖的版本。然而，该版本的权威性也值得细究，因为它有时会导致读者低估编辑工作的主观性或政治倾向性。作为档案管理内容之一，编辑工作与本章开头讨论的档案政治息息相关。同样，编辑工作者是时代的产物，他们决定编辑哪些文本，如何呈现版本，都会受到个人价值观、生活背景或政治观点的影响。米歇尔·沃伦（Michelle R. Warren）提供了令人信服的实例，阐明政治在决定哪些文本能得到编辑、重印、传播和研究方面所起的作用（124）。当然，大多数评注版都专注于经典作品或作

45　者，或确保作品或作者的经典地位，这绝非偶然。非传统题材、边缘作者或涉及有争议主题的作品不太可能获得评注版这样的官方地位。在文学体系之外，还可以将版本的政治色彩与学界专业技术等级和劳动条件联系起来，并提出这样的问题：谁负责该项工作？如何获得资金？哪些机构提供项目支持、享有成果归属权利，或从中获利？虽然我们可能不习惯透过权力的棱镜来思考书籍编辑或设计，但探索一个重要版本的这些维度是有意义的。

围绕评注版尤其是评注版的权威地位所展开的争论，拉尔夫·沃尔多·爱默生（Ralph Waldo Emerson，美国，1803—1882）日记的各种评注版和流行版提供了指引。爱默生是一位哲学家、作家，他留下了200多本未出版的日志、笔记、袖珍日记和备忘录。爱默生的儿子和孙子在1906年至1914年间编辑了他的日记的第一个印刷版，这个版本体现了家族编辑版日记的纪念意义。编辑们删去了爱默生涉及愤怒、恐惧、幽默和性的文字，以净化日记，提升他的声誉，进而提升编辑们作为爱默生后人的声誉（Porte vii）。

20世纪50年代，威廉·H. 吉尔曼（William H. Gilman）带领团队对爱默生的日记进行了新的编辑，明确反对之前版本的做法。1960年至1982年出版的16卷吉尔曼版爱默生日记旨在通过尽可能准确地复制编辑们所称的爱默生"原始日记"（xxxii）的内容，呈现一幅更完整、非理想化的作者肖像。以高度的文本准确性为目标，编辑们开发了一个复杂的标记系统，使用诸如"<>"和"|"等变音符号来标记爱默生手写稿的杂乱、随意特征。这种编辑方式显示了编辑的理念，即爱默生写作的每一个细节，包括他的拼写错误、插

入、删减和涂抹,都值得呈现给读者。然而,这种做法侧重全面展示日记,而忽视了日记的可读性,使该版本受到了广泛的批评。路易斯·芒福德(Louis Mumford)在一篇评论中严厉指出,编辑们采用的"精确誊写标准"导致了"粗暴的排版残缺"(4),他引用了以下句子来说明这一点:

> 基督徒最好的愿景<是>↑相一致↓冷淡↑地↓&不完美↑地↓对圣经所包含的|无限<多>回报的承诺|揭示|。
>
> (爱默生 I. 193)

根据芒福德的说法,以这种形式阅读爱默生的作品就像通过带刺的铁丝网窥视,因为转录方式妨碍了读者阅读文本,而不是提供了方便(4)。对芒福德来说,这一版本并没有让读者接触到真正的爱默生,而是让他的日记只面向那些能够厘清晦涩难懂的文本细节的学者,从而使他处于更加孤立的境地。类似的评论说明,编辑所做的每一个处理——小到标点符号的处理——都可以成为分析的对象,以了解编辑对文本的目标或对读者的期待。

爱默生日记出版的历史提醒我们注意评注版对文学等级固化会产生影响。自1960年以来,爱默生的日记共有三个主要印刷版,他的诗歌体日志和专题笔记也有多个版本,这说明各种机构对爱默生文学遗产的支持仍在继续。与此相比,次要作家的作品编辑普遍缺乏资金或出版机会,学者和普通读者甚至都无法接触到他们的日记。换言之,由于评注版享有官方身份或权威地位,可以用来提携早前被边缘化的或研究不足的人物，或用来提高他们在学术界的知名度。

考察评注版的目标，即使是没有提及的目标，也有助于阐明文本作为一个整体所维护的观点。下列问题强调的重点是尽管编辑手段确定了阅读日记手稿的视角，但阅读视角本身并非不偏不倚，而是会对文本进行批判性讨论。

- 编辑把原稿的载体、形式或结构信息放在评注版什么位置？这种安排如何影响阅读体验？
- 如果版本涉及对原稿的删节或部分复制，遵循的是什么原则？
- 文本手稿的转录，遵循了什么原则或理念？
- 编辑是否将文本标准化（例如，更正拼写错误、添加标点符号等），为什么？
- 编辑如何展示作者本人对原文的编辑或修改（修订、更正、删除、隐藏等）？
- 当你阅读日记的评注版本时，有关原稿的哪些信息是最重要的？
- 编辑提供的哪些上下文信息对解释文本最有用？
- 该版本提供了哪些补充信息（例如，年表、家谱、术语汇编、地图等）？
- 编辑如何组织文本，如何反映或改变日记的原始结构？
- 编辑如何定位他们与日记或日记作者的关系？这对他们的编辑处理有何影响？
- 评注版是什么时候出版的？相关历史背景如何影响编辑的文本处理？

・该版本在相关的文学语境中如何定位日记及其作者？该版本对作者或文本在文学史上的地位持什么观点？

数字化版本

数字化版本是指文稿（有时是手稿，但也包括以前的印刷稿）通过数字化复制并可以在线浏览。在这种情况下，有必要区分数字化日记和数字日记，后者是通过数字软件或网络媒介撰写的日记，这是本书第五章讨论的重点。数字化日记是由作者以外的个人（通常是档案管理员、编辑或学者）数字化手稿或印刷版的日记。近年来，大量日记已经数字化，可以在开放浏览的网站访问。这一变化意义重大：数字化日记的增加不仅可以分析数量更多的文本，数字复制技术也可以使读者无须前往档案馆就能够以全新的方式探索手稿的外观特征。然而，数字人文学者提醒读者，尽管数字化材料或数字扫描版看起来很像原件，但事实并非如此。正如鲍勃·尼科尔森（Bob Nicholson）所说，"数字化创造了一些新的东西，原始版本是经过'修正'的，而不仅仅是复制。虽然数字化文本看起来很接近原件，但它们的来源并不相同，因此我们能够以全新的方式访问、阅读、组织和分析数字化文本"（64）。数字素养要求批判性地思考数字化对以前的老式文本所做的改变。①

数字化对日记手稿的研究做出的最重要贡献之一是让读者能够接触到原始文本的视觉特征，使更多的人能够获得在档案馆中阅读

---

① 参考资料：有关数字化日记的书目，请访问 www.diaryindex.com。

49 手稿的特权体验。如今读者可以在网上仔细查看手稿日记,放大文本的不寻常特征,并根据这些信息得出结论,将我前文列举的分析问题"亲自"应用于手稿日记的研究。克罗普夫认为,事实上实体手稿的阅读素养是使用数字影印版进行研究的宝贵先决条件,因为读者在阅读数字形式的手稿时,会更清楚地辨别哪些文本信息得到保存,哪些信息已经丢失(56)。例如加深颜色,提高分辨率,旋转页面,改变比例,或放大文稿的数字界面使读者能够掌控文本,这在研究实体手稿时无法做到。除此之外,还有一些突破性的研究工具,如通过书签、截图、下载进行关键词搜索、存储所得发现,这些工具在面对实体文本时都很难或无法使用。而且一旦日记数字化,转录文本及其元数据就可以通过文本挖掘、数据可视化、地理空间制图或其他数字人文工具进行分析。然而事实是数字化对手稿的相关信息有所限制,主要是因为数字化利用了视觉媒介,排除了触觉、味觉、听觉和嗅觉等其他感官,尽管数字技术已经推出了各种格式,一些人坚持认为这些感官对解读手稿至关重要。数字化文本不仅注重视觉,而且往往将文本复制限制在等同二维平面书籍的格式(Gabler 48)。虽然现在数字媒介已经允许读者以创新的方式输入、探索,甚至重新混合文本,但许多数字化日记仍然要求读者费力地前后翻页,才能阅读文本,好像他们手中拿的是一本手稿或一本书,因此印刷版书籍地位一直稳固。

日记数字化使更多种类的日记得以重见天日,这一成就可圈可点。如上所述,日记评注版本倾向于重印著名人士、权威作者的作品,而数字化日记有望打破这些等级壁垒。众多不同类型的日记已经出现在在线存储库中，如布鲁内尔大学的伯内特工人阶级自传档案馆（*Burnett Archive of Working Class Autobiographies*）和加利福尼亚大学的日裔美国人迁徙数字档案馆（*Japanese American Relocation Digital Archives*）。数字化日记还有助于打破国界，以全球化视角看待日记体裁。读者不再依赖当地的档案馆获取信息，他们可以建立新的知识体系，了解到历史上经常被抹去声音的人们在何时何地书写日记。数字技术还使读者能够积极参与出版工作。公众参与、协同制作的版本称为"群策版"，来自世界各地、志趣相投的参与者在线交流，依靠集体的智慧和努力制作新版本（Siemens；Ferriter）。日记档案馆已经因此受益，史密斯学会的转录中心推动了档案馆中大量日记手稿的转录工作；战争日记抢救工程（Operation War Diary），集社会之力，为英国国家档案馆收藏的一战日记提供注解。

有两本数字化日记可以例证数字化技术如何打开了日记档案馆的大门。《难忘的日子：艾米丽·戴维斯日记》（*Memorable Days: The Emilie Davis Diaries*，简称《难忘的日子》）将美国内战期间一位非裔美国女性的袖珍日记数字化。戴维斯的日记提供了一个珍贵的机会，让我们看到种族歧视、权利不均和公民身份差异引发的种种争论导致国家分崩离析之时，一个自由的有色人种女性的生活细节。《难忘的日子》使读者接触到戴维斯的日记手稿以及附有历史背景信息的转录版本，对读者很有帮助。这份数字化的手稿让读者能够了解戴维斯如何创造性地利用有限的空间在手掌大小的袖珍日记中记录她珍视的生活点滴：她的社交生活、情趣爱好和求知探索。《利文斯通1871年野外日记》（*Livingstone's 1871 Field Diary*，简称《野外日记》)将英国探险家大卫·利文斯通在刚果探险时所写的日记数字化。利文斯通最初是在旧报纸上写日记的,他用自己制作的墨水在原有的文字上交叉书写。由于墨水褪色得很厉害,日记内容根本无法辨识,直到光谱成像技术得以应用。这种情况下,数字化技术的应用复原了文本,使日记内容得以重现。《野外日记》还附有大量支撑材料,包括关于手稿的文章、光谱成像过程以及利文斯通的生平和贡献。这些网站充分体现了数字化的作用,读者因此能够通过在线媒介接触复杂且具有历史意义的日记手稿。

  《难忘的日子》和《野外日记》都可以被视为数字评注版。一如之前讨论的印刷评注版,这类在线资源满足了编辑工作的资料需求,为开展充分的学术研究提供了条件。然而,大量的数字化日记并没有从这种良性体系中受益。它们只是经过数字化(扫描并在线发布),附带的有关资料极其有限。许多甚至没有提供最基本的信息,如作者传记、文本历史或出版信息的转录。评注版提供了注释帮助优化阅读体验,相形之下这些粗糙的版本则需要读者自己解读文本,并在历史背景中进行定位。此外,在许多情况下,所提供的支撑材料和研究工具都存在缺陷,诸如有转录疏漏、搜索结果不可信、元数据处理不当等问题。这些问题表明,数字化并不仅仅是应对档案存取问题的便捷解决方案,也可能会带来一系列新的问题。我们应该用批判的眼光探索这些网站,对其中有价值的部分善加利用,但也要意识到可能存在的问题。

  总之,数字化材料与原稿并不完全相同,数字格式可能会增强或限制对文本的解读,创造独特的阅读体验。学生和学者负有特殊的责任,在使用数字扫描版时,需要明确引文出处,这样做的目的在于申明同一文本的手稿和数字化版本之间存在根本区别。数字化版本代表了日记研究中一个蓬勃发展的领域,有可能从根本上重塑我们对这一体裁的理解,但读者需要批判地对待它们,并意识到数字化格式会影响阅读和阐释的方式。

- 如果数字化日记复制了手稿原件的视觉效果,针对日记手稿的阅读问题也适用于数字化版本的阅读。
- 如果数字化日记是数字评注版,那么针对评注版的阅读问题也适用这类版本的阅读。
- 数字平台是否说明了日记数字化的原因?如果是,为什么?如果不是,你认为原因是什么?
- 谁制作了数字化版本(是个人还是机构)?谁维护在线文本界面?这说明什么?
- 数字界面提供了哪些补充材料或阐释工具?对你的阅读有何影响?
- 数字界面存在哪些问题(如果有的话)?你如何克服或应对这些问题?
- 数字界面是否提供了原稿的印刷版副本?准确吗?
- 实体文本的哪些部分没有提供数字格式?这会如何影响你对文本的理解?
- 编辑处理手段(如果有的话)是如何显现的?这些信息如何影响你对文本的理解?

- 是否为读者提供了参与数字化项目的渠道？哪些人受邀参与，为什么？
- 数字化版本可以在网上访问，这一事实如何影响了你对日记或日记写作的总体看法？

制作新版本

　　本章为读者提供了阐释框架以探索各种形式的日记，包括手写稿、编辑印刷版和数字化版本。最后，我建议读者考虑参与复原值得阅读的日记，制作新的版本。读者可以通过多种方式参与。比如写文章介绍不为人所知或很少有人研究的日记，让文本阅读更易理解。或转录手写稿日记，甚至组织参与集体抄写，并借助多个志愿者的共同努力。也可以将日记数字化，从现有的数字化日记版本中学习通过在线平台设计出让日记便于阅读的最好方式。这些工作中的任何一项都可以单独进行，也可以与他人合作，或者与学术机构、档案馆协作展开，特别是保存特殊日记手稿的档案馆。工作的成果可以与日记手稿一起存入档案馆，在学术期刊或杂志上发表，或者使用各类开放平台在线发布。随着数字工具的不断变化和改进，新的访问、参与和传播模式将成为可能，从而为读者提供更多更好的方式，创建新的版本。

　　参与版本编辑是阅读日记最有效的方式之一。如我们所见，对日记进行编辑处理，需要深入了解文本，了解文本保存、复制和发行过程中涉及的伦理、政治和运作方式等问题。日记编辑是文本制作的积极参与者，积累了大多数读者无法比拟的知识和专业技能。然而，正如前文对日记版本的讨论所表明的，编辑日记的方式多有不同，每种方式都有各自的优缺点。编辑要有责任感和道德感。要有创造性，努力开拓新领地。要找出最有效的编辑方式，服务于日记、日记作者、特定群体或更广大的公众，服务于个人的社会目标、政治目标或思想目标。

>>>>>> 基本问题2
日记是一种女性体裁吗？

人们普遍认为，日记是一种女性写作形式，比起男性，女性更有可能记日记。而且，由于父权文化轻视女性特质，女性与日记之间的联系导致了学术界和公众对这种体裁的排斥。但学者们普遍认为，这种体裁并非天生女性化，而是被女性化，这是一个历史过程，构建了日记及其作者的性别特征。

这些问题与日记文学史中的性别悖论有关，可以总结如下：男性创作了最著名、最经典的日记，但总体而言，这是女性化的体裁。这一体裁的正史关注的是有影响力的男性作家日记，如塞缪尔·佩皮斯（Samuel Pepys）、詹姆斯·鲍斯韦尔（James Boswell）、亨利·大卫·梭罗（Henry David Thoreau）、亨利·弗里德里克·阿米尔（Henri-Frédéric Amiel）、龚古尔兄弟（the Goncourt Brothers）、安德烈·纪德（André Gide）等。他们要么建立了日记写作的规范，要么提升了日记的审美层次。然而与此同时，人们普遍认为日记是一种女性写作形式，该属性被用来贬低日记的文学价值。许多女性主义者批评了上述看法中固有的矛盾。日记体裁的主流历史中女性作者缺席的事实,如何与日记具有女性化特质这一普遍观点相协调?为什么人们认为男性创立体裁规范,而女性则自然而然地接受这些规范?

对许多学者来说,日记具有女性化色彩的观点为修正日记历史提供了一个契机,也提供了机会去回击对女性特质的贬低。如第一章所述,日记历史学家认识到,在男性日记作者通过出版和评论获得声誉之前和之后,女性写作日记都相当普遍。日记主流历史反映了早期评论家的性别偏见,他们认为女性对其家庭生活和内心世界的描述乏善可陈。伊丽莎白·汉普斯滕(Elizabeth Hampsten)写道:"有多少次多少人说过,某位女性的作品没有历史价值,因为她不过是记录了日常琐事。(xi)"然而,由于女性主义者学者的挖掘与支持,使女性对日记的贡献获得了新的赞赏。他们的努力呼应了同等重要的重塑女性价值计划,认为女性生活的描述琐碎又随意的观点,受到学者们排斥。他们断言女性的生活记录证明了女性的多姿多彩、优美悦目、充满活力。

女性主义学者的一个流行观点是,日记体裁有其独特之处,恰恰符合女性作家需要。历史上,女性被剥夺了在公共场合发声(包括出版)的机会,而日记为女性提供了文学出路。事实上,如果女性被指控她们的写作违反性别规范,将日记视为一种私密体裁的观点反而为她们提供了庇佑。伊丽莎白·波德涅克斯(Elizabeth Podnieks)表示,女性可以"在私密且无需矫饰的页面中找到一个表达空间,证明自己的价值,遵从女性应当安静得体的传统准则,同时对它又发起挑战"(46)。学者们还注意到,日记的结构与女性的日常生活模式特别相符:"情绪化、中断频繁、不引人注目、不被认真对待、私密、封闭、日常、琐碎、毫不规整、自我放任,就像她们的日常杂务一样无休无止。(Moffat 5)"除了承担重复的家务外,女性也可以把日记写作纳入日常。确实,每日一记的形式既呼应又强调了家庭生活的周期性。直接的证据是女性依靠日记记录、查找自己的月经周期、性生活频率、节育措施、怀孕细节和更年期症状。在过去,这类问题往往是用隐晦的语言或通过视觉代码呈现的。艾米丽·霍利·吉莱斯皮(Emily Hawley Gillespie,美国,1838—1888)在日记的边缘用三个感叹号记录了她与丈夫的性生活(185),安妮·雷(Annie Ray,美国,1855—1931)用一颗星星表示她的月经周期开始,用一朵花表示与丈夫的性生活(120)。并不只有女性才认识到日记记录生理周期的价值。萨拉·克兰格尔(Sara Crangle)看到,伦纳德·伍尔夫(Leonard Woolf,英国,1880—1969)在自己的日记中详细记录了妻子弗吉尼亚·伍尔夫(Virginia Woolf)的月经周期和更年期。这些例子表明,日记在女性生活中具有特殊作用,强调了这种体裁对于记录她们生活的独特性。

然而,女性主义者批评家们意识到,上述论点有可能助长了一种本质主义的性别观。女性体验与上述日记形式之间的相似之处似乎表明,女性与日记体裁有着先天或自然的联系,这一立场遭到当代学者的强烈反对。丽贝卡·霍根(Rebecca Hogan)表示,我们可以看到,无论执笔者或作者的性别如何,我们都有可能用"具有女性气质"或"充满阳刚之气"这样的语言来描述某种写作策略或文学形式（95）。值得考虑的反而是，这种写作策略或文学形式是如何被女性化或男性化的，为什么这种性别分化持续存在。丽贝卡·斯坦尼茨（Rebecca Steinitz）指出，日记研究应该"将性别作为调查对象，而不是预设"（6）。为了实现这一目标，学者们探索了体裁的女性化，即体裁与女性特质相联系的过程，无论作者性别，无论写作内容。学者们认为这一历史过程很可能发生在19世纪，日记体裁问世很久之后。例如，简·H.亨特（Jane H. Hunter）指出，19世纪的儿童杂志宣扬写日记是女孩子的活动，可以帮助她们培养顺从、谦逊的品质（55—58）。这些杂志和19世纪的其他文本一样将日记的特点（私密、自我审视、秩序、自我完善）与"自然"的女性个体联系起来，并利用这种体裁将儿童社会化为男性、女性二元。虽然后果对女性个体来说可能更为严重，但当日记写作被视为一种女性化的活动，男性日记作者也因此付出了代价，承受了厌女和恐同的污名。

写日记的女性比男性多吗？这个问题几乎无法回答。历史记录是出了名地不可靠，特别是考虑到女性的私人作品可能没有被保存或存档。如果过去的记录没有帮助，那么当代的资料也一样。一旦日记被视为具有女性色彩，就会延绵不断产生影响。到了20世纪初，粉色的日记本开始面向女孩销售，进一步强调了日记写作本质上是一种女性活动，尤其适合少女。然而有充分的证据表明，无论是否属于这个少数群体，许多日记作者仍然坚持写作。

日记是一种女性体裁吗？准确地说日记是一种女性化的体裁，相应出现的问题是：这种性别分化是如何发生的？它强化了父权思想的什么方面？日记具有女性色彩的观念如何影响个人日记的风格或内容？日记作者如何利用日记来探索关于性别或性的观念，包括那些挑战传统二元性别分类的观念？解决这些问题将有助于读者全面了解日记及日记与性别身份的关系。

解读文学性日记 3

如果向一个完全不熟悉这一体裁的人描述日记，你会怎么说？我们已经看到，一些最常见的描述日记的词语如私密性或女性化，都需要重新思考。如果不使用这些术语，怎样定义日记体裁？许多学者发现，将日记与回忆录或小说等其他写作形式相比较，会更有成效。进行比较往往是为了证明日记可以被称之为一种文学形式，因为它与公认的文学体裁相似。然而，与其他形式相比较可能会产生意想不到的结果，即会将日记放在次要和从属的位置。根据回忆录、小说或其他文学体裁的标准来评判日记时，通常会发现日记多有不足。菲力浦·勒热纳（Philippe Lejeune）写道："对日记的大多数批评都是基于价值体系，这些价值体系与日记的价值体系根本不一致。（On Diary，153）"本章旨在确立适合日记体裁的价值体系，以便读者能够根据自己的情况分析日记。

我在第一章中提到，有必要了解为什么某些荒谬的说法在人们对日记的普遍认知中一直占有相当突出的地位。本章的目标是向读者介绍另外一组特征或规范，用以更准确地描述日记体裁。理解这些规范将使读者能够将日记作为文学文本进行分析。我首先阐明，对日记的定义和分类影响了围绕日记在文学研究中的地位展开的批评辩论。其次，我将概述六种典型的体裁规范，它们可以引导读者更多地关注日记。最后，我将讨论对日记的常见误读，并为如何避免这些错误提供建议。读者应充分准备好完成本章阅读，以理解、解释和欣赏日记的文学特征。

日记是文学吗？解决流派悖论

日记是否可以与我们通常归类为文学的作品相比较，例如诗歌、戏剧或小说？日记是否体现了一定层次的艺术成就、创造力或创新性，使作品具有文学性？或者，在日记中寻找艺术表现手法时，我们是否将文学理想强加给了关联甚少的日记写作实践？如果日记也是文学作品，那么它还是日记吗？

这些问题反映了日记的体裁悖论，下面是一组常见的但本质上相互矛盾的观点：

- 日记并非文学。它们未经加工，缺少艺术性，是普通、即兴的写作形式，从未被认为是文学作品。
- 有些日记是文学性的，但主要是与普通日记相较而言。这些日记超越了体裁属性，体现了清晰可辨的文学写作风格或技巧，它们应该被归类为文学。
- 文学日记可能不是真实的日记。作为记录生活的作品，一本过于精雕细琢、过于巧妙或文学性过强的日记，其真实性和合理性必然会受到怀疑。

体裁悖论中的每一个命题都有真理的要素，但它们不可能都是真理。理解这些相互排斥的主张有助于理解日记是否属于文学这一问题触发的利害关系。

许多人认为日记不是文学,因其文笔缺少润饰、内容不够高雅。不过日记是对作者本人有实际用途的写作体裁,具有历史价值,可以作为休闲读物,并没有上升到文学层次。然而,经常有人认为日记不具有文学性,这种论点会导致对整个体裁的轻视。例如,威廉·马修斯(William Matthews)写道:"大量的日记很可能被视为自然产物,常见的笨拙的内容和风格见证了作者有限的艺术水准。("Diary as Literature", cxi)"马修斯认为日记是"自然的产物",由此推断,任何人都可以写日记,即使是那些缺乏文学技巧的人,因为日记写作不需要耗费心力,不需要良好的教育背景或高度的艺术性。

其他学者认为,虽然大多数日记不属于文学,但有些日记是有文学性的,如此区分在这一体裁中建立了等级差别。一方面,描述性、解释性或哲理性的日记,采用对话、包含人物刻画或情节的日记,以及读者可以理解的日记,通常享有文学地位。另一方面,非文学日记则充斥各种简化的表达,碎片化且难以理解。这些日记被贴上"普通"的标签,通常是为了表明这些文本的边缘地位。然而,在《平凡的写作,非凡的作品》(*The Extraordinary Work of Ordinary Writing*)中,詹妮弗·西诺(Jennifer Sinor)认为"普通"一词值得在日记研究中重新定义。西诺说,放眼望去,我们所见的都是普通的写作形式:"被视而不见的写作……囿于地位成为随手可弃的文本。(5)"但西诺解释,"普通"的写作有一套自己的规范,复杂而有意义,值得分析(187)。因此,用"普通"一词标记日记并不一定是将它边缘化的举动,相反,它可以用来描述某些日记的写作风格,这些风格背离了对文学性的传统期望。

西诺的论点也促使我们思考:什么人的日记可以称为文学?什么人的不是?"非文学"的定位更可能适用于记录女性、工人阶级、有色人种或其他边缘化的个体的生活。作者的写作方式可能与经典文学的规范背道而驰,也许是因为他们无法接触确立经典的文学文化和艺术传统。将他们的日记归类为非文学,隐含着对日记作者本身的判断,因为"贬低普通写作的传统……同样贬低了作者"(Sinor 89)。值得注意的是,被公认具有文学性的写作风格和技巧来自男性主导的传统,来自西方白人精英的传统。这样,日记的体裁悖论就与"基本问题 2"中讨论的性别悖论密不可分。

声称日记是文学作品也许是为了提升其地位,但令人惊讶的影响是这种主张可能使文本不能再被称为日记。大多数其他体裁并没有类似的问题。如果一首诗被定性为文学,它的诗歌属性就不变。然而,那些看起来过于文学化的日记可以被判定为不再是真正的日记。对于读者来说,如果在阅读日记时希望文本能够提供未经加工的现实记录,那么日记使用文学甚至虚构手段就会使读者担忧其合理性。声称日记属于文学范畴是有力的评判性论断,但需要确认日记与真实生活的具体关系,以及读者的期望。我将在"基本问题 4"中更深入地探讨这些问题。

日记的文学地位之争引发的一个后果是,它首先在日记和自传之间制造了裂痕。早期当自传研究领域试图在学术界获得一席之地时,学者们将自传和回忆录与日记区分开来,力求提升这些体裁的文学地位。称日记为即兴之作、缺少回顾性且内容零碎,是为了衬托自传体裁截然相反、更令人尊敬的品质:反思性、回顾性和连贯性(Pascal 4-5)。自传研究最重要的理论之一,勒热纳的"自传契约",进一步区分了这两种体裁。根据这一理论,读者在阅读自传时,期待封面上的作者与文本的主人公或叙述者一致,自传的真实性会更强。勒热纳在20世纪70年代提出这个观点时,将日记排除在研究范围之外,因为日记不符合自传定义的所有条件("Autobiographical" 4)。勒热纳的论文在自传研究中颇具影响力,它首先促成了这样一种看法,即日记作为一种文学体裁并不等同于自传。在此后的几十年里,勒热纳和其他学者都重新考虑了自传契约与日记研究的相关性,包括是否存在相应的"日记约定"(Cottam 268)。如今,学界普遍认为日记是自传或生活写作的众多体裁之一,每种体裁都具有同等的文学地位。事实上,自传研究领域为学者和读者提供了必要的工具来解读和欣赏普通作品的文学特征。

体裁悖论一直是许多日记研究的出发点,至今仍然在构建众多关于日记的批评性对话。日记研究者们很清楚人们普遍没有把日记看作是文学作品,如果公认日记具有艺术或美学特征,就可以在文学传统的范畴内对它进行研究、教学和阅读。历史上,在文学文化领域从未获得过公平待遇的作者,理应在文学史上占有一席之地并获得承认,这具有重要意义。顺应批判性的潮流,大量的各类书面材料都被赋予价值,甚至包括违背传统文学标准的风格和形式。与此相应,日记也被认定为具有独特特点的文学形式。正是在这种大环境中，日记的文学规范得到阐释和欣赏。

日记阅读规范

本章提出，阅读日记应该确认并抓住这一体裁的典型特征。尽管在日记作者的传记以及在文学和自传研究的重大辩论中，根据日记的材料形式和出版历史，对日记进行历史语境化仍然很重要，但读者还需要能够理解这种体裁的具体形式和手段。在本节中，我将概述六种日记规范，以帮助读者理解这一体裁。并非所有日记都遵从这些规范，读者需要确定它们是否与自己正在阅读的日记相关。规范的缺失本身也可能是文本的一个典型特征，值得分析。然而，这六个主题关注的是大多数日记，并为日记研究中的一些核心问题提供见解。贯穿整个讨论，我将广泛引用来自世界各国的日记，覆盖漫长的历史时期，以传达日记作者们对日记规范千差万别，有时甚至是令人惊讶的反应。

日记主题

维托德·戈姆布劳伊茨（Witold Gombrowicz，波兰，1904—1969）以如下条目开始了他的日记。

星期一
我。

星期二
我。

星期三
我。

星期四
我。

(3)

这些开场条目可以被认为是对日记自我聚焦的缩影和讽刺。几乎所有的日记都采用了所谓的"自传体我",使用第一人称写作,表明日记作者既是作者也是写作对象。一般认为使用了"我",日记体现了如下特征:

表达个人经历和态度的叙事声音:日记作者表达自己,为自己发声。

经验的权威:只有日记作者才能准确、有效地描述自己的生活。

具有即时性和透明度:日记作者直截了当、不加文饰地记录事件的发生。

这些特征使读者期望直接触碰日记作者的生活。
然而,当代自传理论认为,"自传体我"绝不是作者简单而直接的代表。西德尼·史密斯（Sidonie Smith）和朱莉娅·沃森（Julia Watson）认为自传体的"我"实际上是四个不同的"我"：真实的或历史的"我"、作为叙述者的"我"、叙述的"我"和意识形态中的"我"（72）。史密斯和沃森认为，基于这四个类别，创造一个单一的、完整的自我是不可能的，这反映了每个人的复杂性和历史偶然性。文本自我的多层次性教会我们注意那些内容明显变得零碎、多样的记录。日记中有很多这样的例子。例如，亨利·大卫·梭罗（Henry David Thoreau）曾对自己说："我应该是自己日记的座右铭。（1851年11月11日）"乍一看，这似乎是日记作者意图的一个典型陈述：私下写自己，为自己写。但是，仔细阅读后可以发现，梭罗对"我"和"我的自我"的区分，尤其是他对"我的自我"不同寻常的用法，表明了日记作者和书面自我之间的复杂关系（Neufeldt 115）。虽然我们可能期望日记中的"我"能直接代表作者，梭罗的陈述反而鼓励我们注意到日记写作反映了作者的视角缺乏延续。

一些日记作者有意识地迎合读者，他们的写作带有强烈的个人主义色彩。例如，埃米利奥·伦齐（Emilio Renzi，又名 Ricardo Piglia，阿根廷，1941—2017）在他的日记中在第一人称和第三人称之间来回切换，幻想记录多本日记来反映他的多重自我。他写道：

> 我担心自己说话的倾向，就像被分裂了一样，变成两个人……我想我得使用两个笔记本，A 和 B。A 记录一般事务和偶发情况，B 记录秘密的想法和沉默的声音。
>
> （1963年7月10日）

阿娜伊斯·宁的日记中也出现了类似幻想:"我今天很想写两本日记,一本记录确实发生的事情,一本记录脑海中闪过的虚构事件……我有双重的生活。我会双重写作。(1928年2月3日)"这些段落给人的印象可能是,写日记会鼓励日记作者采用有距离感的、权威的身份,使他产生分裂感。文学评论家则持相反的观点,认为日记仅仅表明了一个基本事实:对所有人来说我们的自我意识有多重性、不稳定性,并且不断进化。

某些情况下,通过使用"我们"的视角,日记主体性的复杂性以不同的形式表达出来。例如,迈克尔·菲尔德(Michael Field)是英国作家凯瑟琳·布拉德利(Katharine Bradley,1846—1914)和伊迪丝·库珀(Edith Cooper,1862—1913)合用的笔名,他们是姑侄、合著者。他们以菲尔德的笔名出版了八卷诗集,不只如此,他们互相称呼对方为"迈克尔"(Bradley)和"菲尔德"(Cooper),并以迈克尔·菲尔德的身份合著了一本日记。他们的做法挑战了日记写作是个人行为这个基本前提,树立了一种多元化的自我意识。马里恩·塞恩(Marion Thain)认为,菲尔德模式的协作性质是一种古怪的作者自我,其中姓名、个性、性别和声音都是不固定的标记,既可以进行有趣的重塑,也可以进行颠覆性的批判(229)。

对许多人来说,日记主题的多面性是该体裁最具吸引力的特质,它提供了一个自我建构或再创造的机会。认识到书面自我永远不会与书写者自我完全相同,日记作者将日记视为完善自我的工具。在精神日记这一子类别中可以看到,日记作者根据宗教价值观来审视自己的思想和行为。然而，对潜在自我的关注并不局限于宗教语境。金伯利·哈里森（Kimberly Harrison）认为，世俗日记也展示了这种体裁构建新的身份意识的功能。哈里森在对美国南方邦联女性日记的分析中，观察到"自我修辞"或"修辞自我的个人化、象征性构建、修改和维护"（15）。根据哈里森的说法，在个人生活波折或社会动荡时期，日记作者会通过日记写作主动承担新的角色或身份。日记自我修辞可能是为了帮助日记作者符合主流社会理想，或通过使用反叙事颠覆社会规范。最终，自我修辞的概念使日记读者能够研究日记作者如何劝说、鼓励、发现、想象甚至虚构自己，而不是简单地记录自己。

日记中聚焦于"我"的写作可能会很有活力，但也会让人们普遍认为这种体裁有自恋情结。戈姆布劳伊茨日记开篇的条目对此直白讽刺：所有日记篇章都可以一字代之——"我"。如伊丽莎白·哈德威克（Elizabeth Hardwick）所说，"毫无疑问，日记作者是最自我的人"（55）。然而，将自我视为复杂、多面、内心充满矛盾且难以表达的个体，就是对这种贬低进行质疑。日记作者的"我"涵盖了一系列的身份，可以用来创造或想象新的身份。此外，依靠写作手段宣扬自我的行为具有政治意义和意识形态意义。如果批评日记体裁过度关注自我，即忽视了自我表征赋予个体的力量，在更广阔的世界中个体可能无法获得真实感和归属感。即使在一本未发表的日记中，作者把自己作为写作的主题，就是确认个人的重要性，也值得描述。

- 日记如何帮助作者建构自己的主体性或身份？
- 日记作者试图在日记中记录或创造什么类型的自我？
- 日记主题的多样性是如何显示出来的？这些显而易见之处揭示了日记作者、日记或日记写作的什么社会历史背景？

日记读者

常规观点是日记没有读者。尽管许多人认为日记属于私密文本，但在"基本问题2"中，我认为公共和私人的二元分类并不能充分解释日记作者采用的各种方式影响读者对隐私的态度。在本节中，我将重点介绍日记作者与实际读者和想象的读者接触的具体技巧。我将围绕日记的几个子类别组织这次讨论，这些日记与读者交流的方式决定了文本的形式和内容。

自我对话日记是以作者为主要受众的日记。与其他以自我为主题的自传形式不同，有些日记中自我既是主题又是读者。自我称呼可以采取字面意义指称自己，这是一种修辞手段，颠覆了作者眼中的"我"和读者眼中的"你"。例如，埃蒂·希莱苏姆（Etty Hillesum，荷兰，1914—1943）在她的日记中穿插着对自己的深情表白："我的女孩，你还没走到很远的地方""嗯，埃蒂，你得重新振作起来。（1941年8月4日和8月8日）"上一节讨论的自传主体性理论促使我们思考使用自我称呼之时是如何构建自我的。在希莱苏姆的例子中，她的读者自我被想象成一位富有同情心和鼓动力的朋友，但这个人物也可以呈现多种形式：理想化的自我、吹毛求疵的自我，等等。自我称呼的方式也可以设想成重温日记的场景，与一个未来的自我交谈，他已经回到过去，思考日记中记录的旧时光。一些日记作者与未来的自我对话，然后在未来回应过去的自我，将日记变成一段跨越时间的交谈。

文本对话日记是日记作者在日记中与文本进行交谈，就好像它是一个独立于作者的实体。著名的短语"亲爱的日记"显示了这种方式如何给予文本地位、身份，甚至给予一个与作者不同的名字。日记体裁的历史学家还没有完全确定"亲爱的日记"这一表达的起源，尽管他们推测这与大量生产的在封面上印有"日记"一词的日记本有关（Lejeune, *On Diary* 93）。跟日记交谈的做法旨在为日记作者创造一个对话者，虽然这个对话者可能是虚构的，它在许多方面都像传统的文本读者：确立写作动机和理由，为解释性段落提供借口，并请求读者回应，即使没有实现。"亲爱的日记"这个表达也可以凸显日记和书信体裁之间的相似之处，将信件固有的交流意识融入日记的表面的孤独中。此外，修饰语"亲爱的"表达了许多日记作者对个人写作的深厚感情，将其视为朋友或知己。这种方式可以使日记作者免受经常针对日记体裁的自恋指控。将日记作为一个外部实体，对它表达自己的情感，日记作者可能会规避明显的自恋倾向。

对于许多日记作者来说，"亲爱的日记"这一表达远远不够。他们赋予日记一个虚构的角色，拥有自己的名字。日记作者为日记命名的最著名的例子是安妮·弗兰克。她情意满满地叫它"基蒂"。安妮明白地说，她的日记应该是一个理想的对话者："我没有朋友……这就是我开始写日记的原因……我希望日记成为我的朋友,我会叫她基蒂。(1942年6月20日)"安妮的基蒂启发了许多其他日记作者给自己的日记取类似的名字。例如,兹拉塔·菲利波维奇(Zlata Filipović)写道:"嘿,日记!你知道我在想什么吗?既然安妮·弗兰克叫她的日记基蒂,也许我也可以给你起个名字……我会叫你咪咪。(1992年3月30日)"

对日记作者来说,与日记对话有什么作用?一方面,可以理解为对话清晰地展示出作者如何对待自己。对话将日记作者讲述自己的生活或经历时的内心交流具体化。勒热纳说,"亲爱的日记"是描述"自我指称的姿态",他认为文本对话日记实际上是自我对话日记的翻版(*On Diary*, 94)。另一方面,对日记和虚构读者的命名和定位,日记作者可能通过支配实际读者与文本互动的方式进行。学者们对使用对话技巧的效果有所争论。例如,针对安妮·弗兰克假装写信给基蒂这一点,就有截然不同的解释。弗朗辛·普罗斯(Francine Prose)认为,这种姿态"让安妮以第二人称亲密而直接地跟读者说话:你你你……读安妮的日记,我们就成了她的朋友"(91)。相反,奈杰尔·A. 卡普兰(Nigel A. Caplan)认为,安妮对"基蒂"的使用限制了读者与安妮建立纽带的能力。他写道:"安妮清楚地表明,她的读者永远只能是一个旁观者……(让)日记的读者有一种不舒服的感觉,觉得自己是一个文学窥视者,阅读了错投的信件。(93,94)"文本对话日记的读者是否得到许可成为聆听者,与日记作者建立亲密关系?或者读者被排除在日记作者与聆听者的密切关系之外,只能作为外部观察者?

写给特定读者的日记是指写给具体、已知的读者或与具体、已知的读者共享的日记。这些文本不看重日记的私密性，尽管它们通常也只在家庭成员或朋友中间流传，将读者限制在特定的范围内。在 18 世纪和 19 世纪，以这种方式共享日记是盛行的手稿文化，常见在小型社交聚会或亲密伙伴中撰写、流通和表演未出版的手稿。人们坚信，日记交流可以产生丽贝卡·斯坦尼茨（Rebecca Steinitz）所说的"日记式亲密关系"，从而增进感情（91）。例如，伊丽莎白·巴雷特·布朗宁（Elizabeth Barrett Browning，英国，1806—1861）写道："昨晚我在床上给阿拉贝尔（她的妹妹）读了一些日记！我的日记谁都不能阅读，除了我自己，但她有资格分享秘密。（1832 年 1 月 2 日）"W. N. P. 巴比伦（W. N. P. Barbellion）又名布鲁斯·弗雷德里克·卡明斯（Bruce Frederick Cummings，英国，1889—1919）描述了更为公开的交流方式，他邀请朋友们从自己的日记中挑选一卷晚餐后阅读。

> 我把我所有的日记放在一个特制的柜子里。R 先生来吃晚饭，喝了一两杯博恩酒，抽了一支烟后，我打开了我的"棺材"（这是一个两端各有一个黄铜把手的长盒子），做出小心翼翼的样子打算选一卷读给他听，接着一丝不苟地从格子中抽出来，然后油腔滑调地问："1912 年的一点儿？"就好像要品尝葡萄酒。R 先生对这场小闹剧咧嘴一笑，以资鼓励。
>
> （1914 年 9 月 25 日）

预料到会有读者阅读自己的日记,即使是人数很少、精心挑选的读者,也会以各种方式影响日记作者的自我表达,同时也会改变日记的功能,从个人记录转变为清晰流畅的社交文本。

信件日记(也称为日志信件)使用书信规范,一般通过公共邮政服务寄送。信件日记通常写给特定的收件人,但也可以与更多的读者分享,因为过去习惯于大声朗读信件或传递给其他读者。与普通信件一样,信件日记试图跨越空间和时间的距离将读者带入写作的"此时此地"。此外,信件日记还考虑了收到回复的可能性。珍妮特·奥尔特曼(Janet Altman)认为,信件的特征是相互性,对回应抱有期望,她将之称为"书信契约"(89)。信件日记在许多方面引导着信件写作的交互结构。在某些情况下,交流是单向的(从日记作者到读者),而在其他情况下,交流是多向的(在两个或多个作者之间往复)。欧热妮·德·盖兰(Eugénie de Guérin,法国,1805—1848)的信件日记是写给她的兄弟莫里斯的,意在保持兄弟姐妹之间的联系,尽管他们相隔遥远。莫里斯去世后它对欧热妮的写作变得更重要了,尽管日记再也不会送到预期的读者手中,她仍然继续写日记给莫里斯,称之为不间断的"私人谈话"(1840年2月11日)。

协作日记是另一种有特定读者的日记形式,由两个或两个以上的人合著。其中包含不止一个声音,因此挑战了日记是个人作品的常规看法。协作日记进一步证明了日记体裁可以作为一种交流形式,促进对话和培养人际关系。瑞秋·范·戴克(Rachel Van Dyke,

美国，1793—？）的老师埃比尼泽·格罗夫纳（Ebenezer Grosvenor）鼓励她写日记，她称格罗夫纳为 G 先生。在师生关系的掩护下，两人开始了日记交流，记录了他们暧昧关系的点滴。G 先生在范·戴克的日记空白处写下回复，她再添上自己的回复——有时他们会传递多次。两人甚至编写了一套密码遮掩彼此更加热情的互动。范·戴克与 G 先生的交流突出了协作日记建立情感联系的功能。露西娅·麦克马洪（Lucia McMahon）将他们的交流描述成"浪漫的读者"或"亲密的交流，创建共享的身份"（310，325）。像范·戴克这样的共享日记和之前提及的日记都表明，许多日记作者改变了日记写作的传统内省角色，附加了社交功能。

面向公众的日记是作者打算出版并直接面向普通读者的日记。带有出版意图的日记写作是很普遍的现象。尽管与传统的日记具有私密性的观点相矛盾，但对于一些日记作者，众多读者的期望为其提供了动力，促使他们开始并坚持写日记。以书籍形式出版日记始于 18 世纪，让人们意识到日记写作是一种作者身份的标志，并鼓励日记作者将自己的写作视为文学创作。然而，追求知名度的日记作者仍然很清醒，他们的出版目标与只为自己写日记的传统观念之间存在着明显的矛盾。试图解决和调和这一看似矛盾的问题，是面向公众的日记的主要特征之一。

玛丽·巴什基特塞夫（Marie Bashkirtseff）写日记是为了追求知名度，她对此很坦诚。日记写作开始十年后，她在一篇补充的序言中直言：

撒谎或伪装有什么用……如果我不会早逝,我希望成为一名伟大的艺术家。如果我能心想事成,我希望出版我的日记。它读起来肯定很有意思。我盼望有人阅读我的日记,这样会不会破坏甚至毁掉它的价值?绝不会的……善良的读者们,你们可以相信,我展示了自己的一切,毫无保留。

(1884 年 5 月 1 日)

整本日记中,巴什基特塞夫都在请求读者见证她声名的日益增长,将自己描绘成一个值得关注的艺术天才。然而,她对读者说的话也很风趣,充满自嘲,刺穿了她膨胀的自我吹嘘:"亲爱的读者,别讨厌这个故事……我保证会尽我所能让你开心。(1876 年 9 月 7 日)"坦率承认文学野心为巴什基特塞夫的日记赢得了狂热的崇拜者,但也受到一些读者的严厉批评,一位年轻女性的日记缺少应该具备的谦逊、自我贬抑态度,让他们深为震惊。希尔德·霍根布姆(Hilde Hoogenboom)分析显示,巴什基特塞夫将女性日记的传统与寻求公众关注且隐含男性自传色彩的传统相结合,表现了一种性别扭曲的自我意识(185)。巴什基特塞夫想象的公众是她通过日记构建的自我的必要组成部分。

上述不同的读者身份令我们质疑,隐私是所有日记作者都渴望的前提吗?当然,一些日记作者不想别人阅读,并采取措施防范读者,使用密码、隐匿手段、自我审查,编辑自己的日记甚至彻底销毁。但是很大程度上日记作者意识到了他们的日记有被阅读的可能性,这种意识影响了他们的自我表征。如朱迪·西蒙斯(Judy

Simons）所言，"他们既然选择了书写的形式，那么就意味着有潜在读者"（10）。与此同时，日记作者的意愿和实际发生的情况很可能不一致。他们并不总是能够决定谁可以接触他们的日记。未经日记作者同意而公开发表日记是一种常见的历史现象，罗杰·凯斯门特（Roger Casement）和鲍勃·帕克伍德（Bob Packwood）的政治丑闻就是明证。虽然日记有时在文本中，有时在物质载体或写作媒介中包含了细节，指明了读者的身份，但学者和学生可能必须搜寻文本之外的证据，以确定是否有人阅读，是哪些人阅读。关于日记读者习惯的讨论集中在读者群对文本写作的影响上，因为日记作者出于自己的目的会与读者磨合并调整读者在文本中的形象。

- 预期读者对文本有什么影响？
- 读者群、发行量、协作关系、出版、名望或曝光度等关键概念帮助我们理解日记作者是如何思考或撰写日记的。
- 在日记中或在外部资料里，有什么证据能证明日记作者是有意让他人阅读他们的日记或已有人阅读他们的日记？

日记时间

时间顺序结构可能是日记写作最显著的定义特征之一。如果翻阅文本时，发现它由多个带有日期标题的部分组成，你完全可以断定这是一本日记。这一规范从何而来，关于这一体裁它告诉了我们什么？勒热纳表示，给日记条目标注日期是该体裁历史上的一个关键时刻:"直到这一天才产生了真正意义上的现代日记……日期从（日记条目）部分移到（标题）部分。(*On Diary*, 79)"斯图亚特·谢尔曼（Stuart Sherman）找到了18世纪按时间顺序记日记的起源，当时，由于新的计时技术（分针、怀表）普及、时间体系的标准化，火车时刻表在大片地区的应用，以及报纸和杂志等每日或定期出版物的兴起，时间标记在西方世界变得规范化。根据谢尔曼的说法，日记帮助刚刚建立时间意识的人记录每天的生活，安排并管理时间（34—35）。

追溯历史可以解释日记与过去、现在和未来的具体关系。由于日记作者缺乏对未来的预见，产生了日记显著的时间效应。日记作者无法预测下一步会发生什么，因而不可能使用铺垫的文学技巧。亚瑟·英曼（Arthur Inman，美国，1895—1963）向想象中的日记读者解释了这个问题:

> 在我写下这一行文字之前，目之所及一片空白。而明天我可能会记录下所有的志得意满，或者另一只手可能会替我写下"剧终"。你们阅读每一篇的时候都会意识到，写下这些文字时我从来都不知道会有什么神秘莫测的事件在什么时候出现。
>
> （1922年8月25日）

同时，日记作者不能呈现未来，通常也不寻求描绘过去。虽然一些日记作者可能会利用日记记录过去的事件，反思过去的意义或价值，但日记的特点是非追溯性，或者说基本上不使用呈现过去的叙述方式。许多其他的自传体裁旨在回顾作者的一生。例如，在回忆录中，作者回首往昔，从"现在"的角度理解过往。相较而言，日记总是专注于当下。它表现的是"现在"的本来面目，或日记作者拿起笔之前一刹那的面目。评论家将这种时间取向描述为日记时间的"永恒存在"或"真实存在"（Lejeune, *On Diary* 54; Abbott, *Diary* 30）。莎拉·曼古索（Sarah Manguso，美国，1974—　）将这种现在时的倾向描述为一种"永无止境"的感觉，似乎当下总是需要被记录下来。然而，尽管时间顺序可以体现日记的写作动机、结构和风格的流畅度，但它本身也是碎片化的，因为日期标题将日记联结为整体的同时也将它分割成碎片，条目之间的空行或距离在视觉上表现了这一点。因此，日记所代表的现时自我和日记主体具有同样的多重性和复杂性。

将日记条目与当天的时间联系起来是常见的按时间顺序呈现条目的方式，但这绝不是撰写日记的唯一方式。例如，在每月总结或年度总结里，无论是附于日常条目之后还是出现在日常条目的位置上，都可以看到不同的时间标记方式。埃内斯托·切·格瓦拉（Ernesto Che Guevara，阿根廷，1928—1967）在玻利维亚战争日记中使用了他称之为"每月分析"的反思方式来阐述游击战的积极成果，与他日常记录中较为严肃的内容形成对比。当努哈·阿尔-拉迪（Nuha al-Radi，伊拉克，1941—2004）用日记记录美国对伊拉克的轰炸时，一开始就用第一天、第二天……标记这段时期，而不是使用日期标题，以便清楚地区分战争时期与和平时期。海蒂·朱拉维茨（Heidi Julavits，美国，1968— ）在《折叠的时钟》(*The Folded Clock*)中完全拒绝使用时间顺序。这本书重印了日记内容，打乱了按时间排列的条目，不再是一本连贯的回忆录。这些例子表明，日记按时间顺序每天记录是惯例，但许多日记作者探索新的可能性，对规范提出挑战并进行实验。

日记作者如何传达日记的时间性？

- 日记作者怎样应用、修改或拒绝传统的日记时间结构？
- 日记作者对时间的表述揭示了什么自我意识？显示了个体在更宏大的时间结构（历史、谱系、传统等）中处在什么位置？

开头、结尾、发展

日记开篇通常会声明写作目的。对于读者来说，这些声明是解锁作者意图、日记内容或格式以及作者自我看法的宝贵钥匙。詹姆斯·鲍斯韦尔（James Boswell，英国，1740—1795）这样写道：

> 每天记日记会让我养成使用语言的习惯，提高我的表达能力，让我更加谨慎对待我的业务。或者，如果我出错了，它将帮助我下定决心改正、完善。
>
> （1762年11月15日）

夏洛特·福腾·格里姆凯（Charlotte Forten Grimké，美国，1837—1914）如此开始：

> 我希望记录生命中发生的事件，尽管这些事件对其他人来说并不重要，但我却非常感兴趣。记忆犹新将是一件令人愉快的事，这促使我开始写这本日记。
>
> （1854年5月）

像这样的开头提供了一个透镜，通过它可以解释后面的文本。

在日记的开头，作者可以阐明写作目的。但在其他场景的开头，作者也可以自我反省，包括新年伊始、生日、日记新卷开篇，或整个日历年中其他有意义的日期，如周年纪念日。通常，重整旗鼓、辞旧迎新或有纪念意义的时刻都会激发一种超乎寻常记录的写作模式，因此可以作为读者了解日记作者及其写作策略的指引。从某种意义上说，一个日记条目就是一个新的开始。日记作者每次落笔时都会使用公式化的写作模版，因此可以理解为日记作者有很多机会可以重新开始，努力实现日记的目标。

日记如何结尾也是一个问题。勒热纳说，"日记是无止境的写作"（*On Diary*，188）。有些日记有一个预定的终点：旅行日记通常以回家结束，预先设定的年度日记在年底结束，等等。但大多数日记写作时都在期待明天会有另一篇日记。日记通常不会考虑如何结尾，因为体裁与顺时排列的关系迫使文本不断向前。然而，与开头一样，日记中也有许多小的结尾：一个日历年的结束，生命中一段特定时期的结束,一卷日记的结束,以及每篇日记的结束。勒热纳将之描述为"半谢幕"时刻,首尾相继,不断开始,不断结束(189)。在接力式写作或在日记作者既定的写作模式中出现的中断或干扰,作者通常会道歉,并给出解释,这类文字表明作者意识到日记不会有公认的结尾。

虽然这种体裁没有什么公式化结尾可供参考,但日记确实有终章,如何宣告或不宣告结束值得分析。巴贝利恩在最后一篇日记中写道:"自我厌恶。(1917年10月21日)"随后几行写道:"剧终(巴贝利恩于12月31日去世)。"然而,这个戏剧性的结尾是虚构的。巴贝利恩又活了两年,足够出版他的日记,并再写续篇。巴贝利恩最早的读者以为他的死亡声明是事实,得知他还活着时愤慨无比。但日记体裁的惯例可能有所提示,明确的结尾往往是文学的产物,或者是一个契机,借此让日记作者的生活或身份掀开新的篇章。不告而别的结尾也可能传递了极具感染力的信息。弗吉尼亚·伍尔夫日记的最后一条写道:"L(她的丈夫伦纳德)正在修剪杜鹃花。(1941年3月24日)"四天后她自杀了。伊丽莎白·波德涅克斯(Elizabeth Podnieks)描述了阅读伍尔夫的日记手稿中最后几篇时发现:

> 她的最后一条记录是……在一本新的日记本的开头,她在每一页上都自己画线留出页边空白……伍尔夫把日记看作是一本她打算创作的书。

(105—106)

伍尔夫最后一篇日记之后的一沓空白页码，是令人伤感的证据，生命终结给无休无止的日记写作带来了困扰。

虽然日记的开头和结尾都有可能激发丰富的解读，但日记写作的主要语域是中间语域。日记具有中间性特征：居于时间之中，生活之中，等等（Sinor 56）。日记的中间性通常通过作者使用"意合"手段来传达，"意合"是一种平等对待所有主题的写作方式。伊丽莎白·德林克（Elizabeth Drinker，美国，1735—1807）捕捉到了类似于列表的意合风格，即使在读者预期会出现差异的地方，意合风格也会使之淡化。她的一篇日记写道："我的孩子昨晚非常焦躁不安，我自己也没有睡觉，直到第二天——目前有一份报告称，独立得到承认：许多人都相信的。——小约翰·霍普金斯和我们一起吃饭……（1782年5月4日）。"德林克提到了她生病的孩子、结束的独立战争，以及一位晚宴客人，但没有强调其中任何一个细节，而是将自己置身于所有事件之中。意合的使用消除了日记条目中的差异，也建立了一种贯穿于日记的表达风格，因为日记条目连续不断，又重复叠沓，削弱了每天的差别。日记表现中间状态的能力将其与自传区分开来，自传通常将事件发展、变化和结果的轨迹强加给所叙述的生活。费利西蒂·努斯鲍姆（Felicity Nussbaum）写道，虽然自传需要"从旧我转变为确定的新我"，但日记"创造并容忍永恒的危机"（134）。对于日记读者来说，有必要尝试了解中间状态，而不是只关注开头或结尾。日记对未解决的问题持有开放性的态度，促使我们将日记看作是开放的体裁进行探索。

- 日记是如何开始的？如何暗示日记作者的目标、意图、自我表达或境况？
- 日记是如何结束的？如何暗示日记作者与日记写作的关系，或他们使用的自我修辞？
- 日记如何表达中间性？日记作者是什么状态？表达中间性的方式与文本中身份或经历的呈现方式有什么关联？

空间和图像

日记作者不仅通过语言文字来传情达意，他们还通过创造性利用页面空间来表达自己。同样，视觉图像也是意义传递方式：图画、图表、地图、照片、剪报等。日记中的这些元素可能与书面文本相一致，也可能改变我们对书面文本的理解。关注日记中的空间和图像是解读意义的另一种方式。

探索日记的空间与页面上文本的内容安排或空间构成有关。这在阅读日记手稿时尤其重要，但对于印刷版或数字文本也可能有用，具体取决于日记的格式。许多日记试图操控文字在页面上的显示方式，例如，印刷好日历的日记，为每个日记条目分配了一定的空间。使用制式日记的日记作者必须决定是遵守这些既定的条条框框，还是加以修改或直接打破。对于许多日记作者来说，在预设的空间中填充文字可以创造一种舒适的规律感和成就感。对另一些人来说，日记页面的边框界定是个问题，日记作者必须解决这个问题才能表达自己。边缘空白尤其重要：日记作者是否予以保留？是否在纵向页边空白处写作，目的是什么？是否在条目之间空行？读者应该关注每页日记的边缘，也应该关注整个日记本的空白区域。印刷书籍的开合页被称为"副文本"，杰拉德·吉内特（Gérard Genette）将其描述为引导读者进出文本的门槛或门道（1—2）。从历史上看，制式日记本的副文本在开始部分包括标题页、序言页、日历、天文周期和主要节假日列表，在末尾附有记录预算、费用、地址、重要日期和备忘录的页面。日记作者在这些空白页上所做的记录可能从根本上与日记正文脱节，但值得考虑的是文本的这些部分如何产生关联，为什么日记作者在文本的边缘空白处写下某些内容。当然，许多日记作者使用空白笔记本，或者自己制作日记本，或者使用文字处理软件、数字应用软件来写日记。对空间的关注也可以延伸到他们的写作中：日记作者如何创造和界定每个条目的空间？如何标记日记在物质空间或虚拟空间中的开头和结尾？

日记作者在日记中也使用视觉图像表达自己。许多作者在实体日记中插入各种资料，把日记当成剪贴簿、普通书籍或相册。一些人把日记变成档案库，插入信件或剪报来描述他们的生活。其他人则会粘贴广告图片或喜欢的语录，或是夹入压花或纪念品。埃伦·格鲁伯·加维（Ellen Gruber Garvey）称这种文本制作为"剪刀式写作"，即"发现、筛选、分析和再利用"他人编写或制作的素材，以构成新的文本（4）。根据加维的说法，当这些素材插入新的语境（如日记）并与不同类型的文字（日记条目或其他插入的素材）并列时，就有了新的含义。从本质上讲，编写者组合文本、物品和语言完成"编写"，这种做法将写作转变为一种多声音和多模态的现象。通过这种做法，日记作者利用他人的声音或表达方式来表现自己。

许多日记作者也会为他们的日记画插图。他们不是收集利用他人创作的图像，而是亲自在日记中画画、速写和上色。大多数带插图的日记就是图像和文字的组合。莫莉·兰姆·鲍巴克（Molly Lamb Bobak，加拿大，1920—2014）的二战日记采用了配有插图的报纸页面的形式，有标题、专栏和标题图片（图 3.1）。对于鲍巴克而言，模仿报纸版式让她顺理成章地同时采用图像和文本，而有些日记作者则较为随意地在日记条目中放置插图。无论哪种情况，都是图像和文本之间的相互作用构成了日记的意义，吸引读者在这两种表达模式之间往复阅读。另一些日记作者则摒弃了传统的书面形式，主要依靠图像来讲述自己的生活。如茱莉亚·沃森（Julia Watson）解释的那样，视觉日记能够传达的"感觉和感知，普通语言中可能不仅没有词汇表达，甚至无法表达"（24）。例如，藤井拓一（Takuichi Fujii，美国，1891—1964）写了一本带插图的日记，讲述了他和家人在二战期间被安置在拘留营时的经历。虽然他的许多墨笔画都有标题，但图像是他的主要表达方式。然而，事件的时间顺序（日记开始于日裔美国人被迫撤离，结束于日裔美国人乘火车回家）和每幅插图的个人角度证实了他的文本是一本日记（图 3.2）。藤井拓一的日记证明了日记体裁借鉴并容纳了各种视觉表现方式。这些表现方式将传统日记与其他类型的"亲为艺术"联系起来，包括漫画书和图像回忆录等图形叙事和博客、社交媒体等数字日记。

解读日记

图 3.1 莫莉·兰姆·鲍巴克日记。莫莉·兰姆参军，1942 年 11 月 22 日，加拿大图书档案馆

图 3.2 《藤井拓一日记》，1942—1945。原文："的确，这是一扇古怪之门，门锁在外。我看这个安置中心其实是所监狱。"感谢桑迪·基塔与泰瑞·基塔提供配图

- 日记作者如何在页面安排书面文本？他们如何确定、利用或破坏文本边界，例如预设的日记条目区域、边距或空白？为什么？
- 日记作者收录了哪些视觉材料，为什么？插入的素材或插图如何影响文本的意义？

沉默和隐瞒

日记作者偶尔更愿意通过缺省、遗漏或删除来表达，不想解释说明。本节重点介绍两种这样的交流方式——沉默（省略的内容）和隐藏（包含但隐藏的内容）。显然，日记作者会遗漏很多内容，他们无法记录生活的方方面面，但对此不能过度解读。特别重要的是，要注意那些看似对重要话题保持沉默，但实际上采用了简短风格的日记。伊丽莎白·汉普斯滕（Elizabeth Hampsten）称之为"平安无事"日记：关注日常、平凡甚至重三叠四的细节。读者在搜索"平安无事"日记中遗漏的内容时，可能会断定日记作者在隐藏"某些东西"。但区分日记写作的普通模式和依靠沉默传递意义的特殊方式更为重要。

沉默有两种形式：有标记的沉默和无标记的沉默。有标记的沉默是指那些在文本中很明显的沉默：信息的缺失、日记作者写作模式的漏洞、日记作者生活或自我表征中未加解释的变化。如果缄口封笔，日记作者一般会坦率承认。斯捷潘·菲利波维奇·波德卢布尼（Stepan Filippovich Podlubny，俄罗斯，1914— ）时隔一年后在日记中写道：

> 没有人会知道1937年我是怎么熬过来的。没有人会知道，一年里这本所谓的日记没有一天照亮过我……我会把它画掉，把它从我的脑海中抹去，我的衣服上沾了一大片丑陋的污迹，像厚厚的血迹，很可能会伴随我的余生。
>
> （1937年12月6日）

他的日记编辑们表示，这段时期内明显的沉默表明波德卢布尼是俄罗斯秘密警察的线人（291）。然而，即使没有文本外的语境，读者也可以将他的沉默理解为一种有意义的记录，暗示一个巨大的秘密，而无须诉诸笔墨。

无标记沉默更难识别，因为它们可能只对日记作者可见。二战时，A. M. 邓肯-华莱士（A. M. Duncan-Wallace，达科塔州苏格兰人）在新加坡被拘留期间写作日记。日记的打印稿包括一篇序言，邓肯-华莱士在其中指出了一系列"故意遗漏的细节"。他写道："我省略所有这些非常重要的事实的原因是显而易见的。我担心我的日记有一天会落入日本人手中。"读者可以看到邓肯-华莱士按时间顺序记录中的空白，但他回顾列出的沉默时期可能并不明显。阅读无标记沉默依赖于作者或外部资料提供的信息，以帮助对日记进行语境化。然而，读者应该谨慎行事，避免误读，杜绝搜寻子虚乌有的事情或无法确认的信息。

日记作者使用隐藏策略容纳信息并隐藏信息。代码是日记中隐藏的主要模式之一，我将在"基本问题3"中详细讨论密码，所以这里我重点讨论其他策略。日记作者在写作过程中会采取一些隐瞒措施。例如可能会设法模糊某些单词或短语的含义或指代对象，像空格或缩写。或者使用含蓄、宽泛的语言，只有日记作者才能理解。另一种模式是在事后实施隐藏策略，例如日记作者或其他人追溯性修改日记，以省略或掩盖曾经公开记录的内容。追溯性隐藏的方式可能是删除日记段落、擦涂单词或短语、撕掉或剪下页面，或其他手稿处理方式。要确定是谁对文本进行了这样的修改可能并非易事：是日记作者、熟悉或不熟悉的读者、家庭成员还是编辑？虽然任何一个猜测都值得挖掘，但它们代表了不同形式的写作、合作或编辑干预，应该有恰当的解释。在不确定是谁使用了隐藏策略的情况下，读者对日记内容的推断必须更加谨慎。

最具讽刺意味的是，隐藏策略往往欲盖弥彰。读者被缺页、画掉的单词和空白所固有的神秘感所吸引，某些情况下，日记阅读的重点落在被删除的内容上。例如，对多萝西·华兹华斯（Dorothy Wordsworth，英国，1771—1855）的《格拉斯米尔日记》（*Grasmere Journal*）的解读很大程度上取决于其中的一篇，记述的是多萝西对她的兄弟威廉的婚姻的态度，仍然被用作争论他们之间是否存在乱伦关系的证据。日记被画掉一事成为争论的关键，因为隐藏策略本身被许多人视为一种忏悔形式。像这样的例子表明，试图隐藏往往被解读为一种披露形式。精神分析框架理论认为，隐藏行为比公开声明更能表达个人的真实动机或意图。那么，为什么日记作者或读者、编辑会使用明目张胆的隐藏策略呢？在编码日记中可以看到，这些策略是双刃的表达方式，记录事实的同时又保持沉默。沉默和隐藏策略都让我们回到之前讨论的日记读者问题，因为只有当日记作者预期可能会有读者时，两者才似乎是必要的表达形式。钳制、审查或编辑自己的日记作者会含蓄地承认读者存在，但却没有使用限制读者阅读的最有效方法：彻底销毁自己的日记。日记作为自我叙述形式，其力量在记录与隐藏的矛盾驱动中显而易见。

- 确定日记中有标记的沉默：它们是如何显示的？为什么？日记作者如何利用沉默来交流或记录？
- 确定日记中的隐藏策略：是否可以确定修改者的身份？关于日记作者、预期读者或文本历史，揭示了哪些方面的信息？

误读日记的常见方式

日记读者面临着许多挑战：长篇累牍，跨越数十年的日记；似乎杂沓无趣的"平安无事"日记；抗拒读者理解的内省日记；等等。面对这些挑战，日记学者和评论家们有时会采用解释性的方法来强化文学等级制度，宣扬对日记本质的片面理解，并且不尊重该体裁的历史和特定规范。

故事化是一种误读日记的方式，认为日记就是要讲故事，也应该讲故事，读者也就应该发现并提取隐藏在日记中的故事。西诺（Sinor）认为"故事化日记"（作为动词）的愿望源于以下信念："因为文本和作者都不能发声，所以必须有人替他们代言，为他们讲故事（16）。"故事化日记意味着在生活叙事上强加情节，尤其是遵循发展、变化或自我发现的传统自传体弧线的情节（88）。还意味着突出千篇一律的日常生活中的戏剧性、阴谋、抗争或意外，在阅读使用意合来消除平凡和非凡生活体验之间差异的日记时，这样的谋篇布局尤其有吸引力。以故事为导向，经过训练的读者从平凡的场景中提取非凡的时刻，并将它们按次序排列，类似故事情节的构成——即使这样做违背了日记作者自己选择的模式或自我表达模式。当然，有些日记作者会故事化自己的日记，尤其是那些为取悦读者或以出版为目的重写或修改日记的人，在这种情况下，日记作者的故事策略本身就成为批判性分析的主题。否则，读者会冒着削弱日记真实性的风险，而不是尊重和理解日记的本来面目。

片段化是误读日记的另一种形式，指的是从一篇长文章中"剪下"读者会感兴趣的细节或段落。哈里·伯杰（Harry Berger）将片段化定义为"阅读零碎片段……认为片段可以代表它们所组成的整体"（563）。剪切日记包括深入文本，提取选定的主旨、话题或信息，并根据这些脱离语境的片段对整个文本进行解释。阅读时将日记视为存储历史事实和资料的仓库进行提取，而没有将文本作为一个整体来考虑，这种阅读形式尤其引人注目。伯杰和其他学者认为这是塞缪尔·佩皮斯（Samuel Pepys）日记阅读中的常见现象。谢尔曼（Sherman）称，佩皮斯日记被当成资料库，遭到了历史学家的"突袭"，他们在其中寻找17世纪生活的细节（31）。佩皮斯日记的独特地位（许多人称之为第一本也是最具代表性的历史日记）促成了它的文本的解读方式，但这种方法在许多日记研究中都能看到。虽然学者和学生在分析卷帙浩繁的日记时可能需要有选择性，但他们应当鉴于这个事实来限定其论断的范围。

　　心理分析是误读日记的最后一种也是最复杂的形式。这是日记分析的最大诱惑之一，假设作为读者，我们有能力分析日记作者的心理状态，揭开他们的秘密或潜意识欲望。精神分析文学批评领域是一个强大而有影响力的领域，接受过该领域训练的读者能够探索作家在选择语言或符号时如何揭示深层含义和动机。对于缺乏这方面训练的读者，我们告诫他们不要对日记作者"真正"的意思贸然定论，特别是如果解读取决于一段看似非同寻常的真情表白。虽然一般认为日记写作的目的就是为了让读者了解日记作者的真实自我，但本章对日记规范的讨论表明，日记写作的"真实"和"自我"等结构都服务于多重目的，有时甚至是相互矛盾的目的。对文本构建的关注令我们意识到传记作者遥不可及。即使日记的公开度非常高，竭尽全力争取读者，日记与读者之间也会有无法逾越的界限。渴望无所不知是推动日记阅读的强大动机，但最能满足读者需求的是保留日记中的不可知的部分，从而带来某种程度的舒适感。

=⌒>>>>> **基本问题3**

为什么某些日记用密码写作？

许多日记作者在日记中使用密码，这种技术挑战了对日记体裁有影响的一些先入为主的观念。如果日记是私密的，没有读者，为什么日记作者还要采用密码？如果日记是真实自白的，为什么还要对内容进行编码？如果日记作者想隐藏一些东西，为什么他们一开始不直接放弃记录呢？要回答这些问题，应该首先区分不同类型的密码（口头、视觉、符号、数字）及要行使的不同功能（提供便利或帮助隐藏）。

一些日记密码是为方便作者而设计的，而不是为了隐藏内容。日记作者开发密码、速记和缩写以便写作，尤其是为了快速引用常见的重复主题、词汇或名称。例如，伊丽莎白·德林克（Elizabeth Drinker）在日记中用姓名首字母来指代许多人，包括她的丈夫亨利·德林克（Henry Drinker），在日记中提到他时大部分时间都用"HD"。德林克使用姓名首字母是一种表示熟悉或亲密的方式：首字母代表的名字是她经常与之交流的人，而完整拼写的名字是熟人或陌生人。一些为了便利起见使用的密码以视觉形式或符号形式出现。罗伯特·胡克（Robert Hooke，英国，1635—1703）在日记中绘制了炼金术和天文学符号来记录天气模式。许多女性日记作者使用视觉代码记录月经周期，比如安妮·雷（Annie Ray）在日记边缘画的花（119）。便利功能密码显示日记作者的生活模式，允许读者绘制关系网络、跨时间和空间的活动轨迹以及重复出现的经历或痴迷的事情。然而，即使是功能性密码也给读者带来了问题，因为读者可能无法推断出指涉对象。虽然将便利功能密码与隐藏功能密码区分开来很重要，但最终可能同样会让读者难以辨认。

隐藏密码具有不同的作用。它们是"伪装策略"，意味着记录的同时也要掩盖（Vermeer）。虽然似乎是冲动之下的自相矛盾，密码的使用令日记作者可以将二者调和。在特定的政治背景下，日记作者写作时往往需要使用密码。阿达·戈贝蒂（Ada Gobetti，意大利，1902—1968）记录了她在二战期间意大利抵抗运动中的活动，写下了"晦涩难懂、提纲式的英语笔记"，以防止敌军解读（27）。戈贝蒂使用的外语写作是最常见的日记编码形式之一。对于双语日记作者来说，用外语写作可能很容易，但如果读者不熟悉这种语言，那么作为一种密码也非常有效。

毫不奇怪，大量日记密码用来表示性和性行为，表明这些主题在日记语篇中的特殊地位。塞缪尔·佩皮斯用速记写日记，但在记录性行为的段落中，他混合使用了几种外语。威廉·马修斯（William Matthews）解释道，"这种语言基本上是西班牙语（字典式的用法，相当不合语法）；但其中混入了其他几种语言的单词：英语、法语，偶尔还有荷兰语、意大利语、拉丁语和希腊语"。佩皮斯还会在其中插入多余的无意义字母（"The Diary" lxi）。安妮·李斯特（Anne Lister，英国，1791—1840）在日记中记录了她的性别偏移以及与女性的性关系，她使用了她所谓的"秘密字母表"或"密码手"，这是一种将希腊字母与她自己设计的视觉符号相结合的代码（1817年5月22日，1820年8月31日）。李斯特对性别规范的大胆背离使她恶名昭著，她敏锐地意识到自己的性取向会让她受到社会谴责，甚至更糟。与此同时，李斯特与恋人分享了密码索引，以便在她们的书信往来中使用，这表明它也构成了一种单独的语言，象征着同性团体的接纳。约翰·梅纳德·凯恩斯（John Maynard Keynes，英国，1883—1946）同时写了两本日记，记录他的性关系，但只有一本可以正常阅读。第二本日记将他的活动分为 C、A 和 W 三类，但到目前为止，这些字母的含义以及每个类别下列出的数字含义尚不清楚。埃文·齐姆罗斯（Evan Zimroth）推测，这些记录构成了一个评级系统，凯恩斯用来为自己的性体验打分（20），但迄今密码仍然没有被破译。

具有讽刺意味的是，日记代码可能设计用来隐藏某些与性相关内容，但效果往往适得其反，引起更多关注。佩皮斯日记的许多读者都注意到，这些编码段落与文本其他部分相比更为引人注目。亚伦·库宁（Aaron Kunin）写道，"就好像有人看完了手稿，在所有出色的内容下画了线"（206）。读者经常受到密码吸引，执迷于破译，并深信密码呈现的内容一定比其他的明文更有意义。考虑到可能会引来更仔细的推敲，为什么日记作者还要使用密码，尤其是用来记录与性有关的内容？对此很容易得出的解读是作者将有关性的段落加密，传递了一种羞耻感或负罪感，但这并不能解释所有动机。对性的态度、性取向和特定的性行为会随着时间的推移而改变。例如，在某些历史时期，非异性恋的性取向或性关系所带来的耻辱感可能会强烈刺激男同性恋、女同性恋和双性恋日记作者使用密码写作。然而，马特·库克（Matt Cook）认为，对于同性恋日记作者来说，无论是选择对自己性生活的详细描述或加密描述，还是完全不予记录，都是"保护同性恋自我意识"的方式（202）。与此同时，许多日记作者公开、明确地写下自己的性经历，甚至多有吹嘘，因此掩盖相关内容只是一种表达方式。

日记作者使用密码的原因众多：

> 在个人写作空间中开拓更深的隐私层面。
> 遵守社会规范，注意书面写作主题的得体性。
> 显示教养、体面或谨慎的行事态度。
> 与可以读懂密码的读者建立亲密关系。
> 在特定的历史或政治背景下，表明文本或文本表达的生活处于争议状态。
> 激发读者的好奇心并引起他们的注意。
> 示意某些信息对日记作者的重要性。
> 展示他们的语言水平或加密技能，是玩闹之举，或自我炫耀，等等。

密码有多种形式，使用密码也有各种各样的动机和意图，表明了写作策略在日记中所起的复杂作用。

解读日记小说 4

4 解读日记小说

只要有日记,就有作家改编日记来讲述虚构的故事。日记出现在各种各样的虚构体裁(诗歌、戏剧、音乐剧、歌剧、电影、电视、播客)中,但在小说中出现得最多,小说的叙事形式特别适合借用日记的定义性特征:第一人称视角、时间顺序结构和私密主题。尽管这些特征很容易转化为多种形式的虚构作品,但将日记改编为小说仍存在许多创造空间的问题。作者必须决定自己想在多大程度上遵循日记的结构、风格和规范,或者这些特征会在多大程度上阻碍他们展开故事。洛娜·马滕斯(Lorna Martens)写道,日记小说在模仿非小说类日记和创造全新的或多种混合的表现模式之间"不断产生矛盾"(51—52)。作者在改编日记时所做的选择开辟了文学分析的道路,尤其是对于那些了解非小说日记规范的读者而言。

是什么让文学文本成为日记小说?最常见的情况是,故事完全以日记的形式出现,按照标记的时间顺序展开。日记小说还包括只有部分内容是以日记形式出现的。H. 波特·阿伯特(H. Porter Abbott)认为,文本的 50% 必须是日记形式才能被视为日记小说(*Diary* 208),但这不是其他学者接受的标准,他们更强调日记对整个故事的重要意义。根据这一更宽泛的观点,日记小说也可以包括以日记作为重要转折点的故事,即使故事从不以日记的形式出现,因此日记的内容对读者是隐藏的。包括人物阅读、讨论、思考、搜索、发现、隐藏或销毁日记的故事,都属于日记小说。日记小说标签应用的弹性反映了这些作品在自传体小说这一同样宽泛而灵活的类别中的位置，这些小说要么与作者的传记非常相似，要么借用自传体的技巧，常常引导读者将故事当作作者的真实生活。这一类别有时被称为自传小说，还包括小说回忆录和传记，以及书信体小说。虽然自传体小说也适用于与一般小说相同的解读技巧，大多数学者仍然认为读者必须特别注意作者在自传体和小说之间的转换，尽管两种体裁似乎是对立的，但作者写作时都有运用。

  本章确定了作者在小说中改编非虚构日记的主要方式，以帮助读者解读日记小说。大多数相关文学批评更常使用的术语是 diary novel，或 novels in diary form，但我更倾向 diary fiction（日记小说）一词，因为它也可以涵盖短篇小说、漫画书和图像小说，以及其他类型的叙事形式。我的讨论主要针对长篇小说和短篇小说，但读者完全可以自由使用本章概述的术语和概念，检验它们与受日记启发而创作的音频、数字文本、表演文本和视觉文本的相关性。我首先简述日记小说的历史，然后概述日记小说的四类主要规范，随后讨论日记小说研究的四个主题领域：①性别、性和性行为；②殖民主义和后殖民主义；③青少年小说；④图形叙事。最后，我提出这样一个问题：关于非虚构日记，日记小说能给我们什么启示？

日记体小说简史

  在西方，日记小说的历史紧随日记历史而发展。学者们普遍认为，日记小说在 18 世纪开始作为文学形式初具雏形，与此同时，非小说日记写作开始流行，并得到出版。换言之，随着日记越来越为普通读者所熟悉，作者们就开始探索如何将其改编成小说。18 世纪中叶出现了一个重大的转折：小说作为一种文学形式而诞生。早期的小说经常模仿已有的写作形式。这是新媒介出现常见的策略：创作者旧瓶装新酒，引导受众接受新事物。就小说体裁而言，小说家们试图通过融合旧的表达形式（例如信件和日记）来提高读者对新型写作的兴趣。保罗·亨特（Paul Hunter）等学者认为，事实上日记是小说不可或缺的先行者（303）。许多早期的小说是书信体小说（以书信的形式叙事）或日记小说（以日记的形式叙事），或两种体裁兼用。书信体小说和日记体小说有许多共同的特点，一些学者认为两种形式是可以互换的，尤其是在单作者的书信体小说（即收件人从不回复的书信体小说）的情况下更是如此。这些小说中，主人公声称在给另一个人写信，但由于没有回应，他们的信件就具有自我指称的日记功能。本书第三章讨论的非小说类书信日记证实了日记和书信是相互关联的文体，并为如何解读混合书信体日记小说补充了指导。

日记小说对小说在西方文学史上的发展和日益突出发挥着重要作用，它包括多种主题和写作风格，界定了这一体裁的基本特征。丹尼尔·笛福（Daniel Defoe）的《鲁滨孙漂流记》（*Robinson Crusoe*，1719）是最早也是最有影响力的英国小说之一，部分内容是通过鲁滨孙的日记讲述的。由于沉船事故他被困在荒岛上后写下了日记。《鲁滨孙漂流记》和其他冒险故事与日记体的诱惑小说在流行程度上不相上下，如塞缪尔·理查森（Samuel Richardson）的《帕梅拉》

98

（*Pamela*，1740），这是一部书信体小说，当主人公被试图诱惑她的男人俘虏时，叙事形式便会转换成日记体。尽管她一直在写信，但由于信件没有发送给她预期的读者，这些信件就变成了日记。诱惑叙事横跨大西洋，得到美国作家苏珊娜·罗森（Susanna Rowson）等人的采用，她在书信体小说《真诚》（*Sincerity*，1803—1804）中插入了日记的内容，以记录女主人公被误认为对婚姻不忠而导致的精神分裂状况。日记体也是关注悲剧个体内心生活的早期小说的核心，例如约翰·沃尔夫冈·冯·歌德（Johann Wolfgang von Goethe）的《少年维特的烦恼》（*The Sorrows of Young Werther*，1774）。该书是一部书信体小说，但主人公的自白风格强烈地唤起了人们对日记的回忆，许多模仿该书的小说都是以日记的形式写成的。

尽管一些学者认为日记小说在18世纪之后在数量和意义上都有所下降，但还是有人认为日记在19世纪文学中继续发挥着重要作用，尤其是在浪漫主义小说和哥特小说中（Delafield，Steinitz）。安妮·勃朗特（Anne Brontë）的《女房客》（*The Tenant of Wildfell Hall*，1848）是一部日记中有日记的小说，日记作者或叙述者在其中朗读记载自己情感和志趣的日记，作者这样谋篇布局是相信分享日记可以增进亲密关系。威尔基·柯林斯（Wilkie Collins）的《月亮宝石》（*The Moonstone*，1868）和布兰姆·斯托克（Bram Stoker）的《德古拉》（*Dracula*，1897）等小说将不同人物所写的多部日记交织在一起，这些人物对中心谜团提出了不同的看法。这种结构让读者扮演侦探或调查者的角色，对各种叙述进行整理，以揭示真相。安德烈·纪德（André Gide）的《安德烈·瓦尔特笔记》（*The Notebooks of*

André Walter，1891）中，可以看到用日记记录的个人浪漫史。这部日记由两部分组成：一本白色笔记本描述爱情的开始，另一本黑色笔记本描述爱情的结局。也是在19世纪，作者开始利用日记来探索人类思维的复杂性，特别是通过精神错乱的病人、反社会者和道德沦丧者的个人自述。尼古拉·果戈理（Nikolay Gogol）的《狂人日记》（*Diary of a Madman*，1835）就是一个典型例子，读者能够追踪日记作者逐渐陷于癫狂的轨迹。在俄罗斯文学的三部主要作品——米哈伊尔·莱蒙托夫（Mikhail Lermontov）的《当代英雄》（*A Hero of Our Time*，1840）、伊凡·屠格涅夫（Ivan Turgenev）的《多余人日记》（*Diary of a Superfluous Man*，1850）和费奥多·陀思妥耶夫斯基（Fyodor Dostoevsky）的《地下室手记》（*Notes from the Underground*，1864）中，读者可以通过日记式的自我叙事了解反英雄主角的心理状态。这些文本的世界性影响力可以从鲁迅的《狂人日记》（1918）和谷崎润一郎（Junichiro Tanizaki）的《疯癫老人日记》（*Diary of a Mad Old Man*，1962）中对"狂人日记"主题的改写中看出。

　　日记能够表现人类经验的复杂性，这说明该体裁在现代主义小说中的重要性。在整个20世纪，日记的碎片化结构越来越多地用来反映现代世界的碎片化性质，并断言个人根本无法了解或准确地表达自己。在约翰·保罗·萨特（John Paul Sartre）的《恶心》（*Nausea*，1938）中，主人公的呕吐不是精神疾病的结果，而是因为太清楚地意识到现实的反复无常。许多其他现代主义作品采用日记形式突出叙述者的不可靠性。弗拉基米尔·纳博科夫（Vladimir Nabokov）的《洛丽塔》（*Lolita*，1955）包含叙述者的回忆和经过大幅度改动的日记,尽管这本日记是叙述者为了辩护自己对青春期前的洛丽塔的觊觎而伪造的,但它对叙述者的一面之词和行为道德都提出了疑问。詹姆斯·乔伊斯(James Joyce)以主人公日记中的一段摘录作为《一个青年艺术家的肖像》(*A Portrait of the Artist as a Young Man*,1916)的结尾,艺术家的日记记录了宏大的艺术抱负与停滞的生活之间的差距。胡里奥·科塔萨尔(Julio Cortázar)的短篇小说《距离》(*The Distances*,1951)采用了戏剧性的转折,展示个体的多重自我、自我之间的差异和对抗,日记并非是个人生活的忠实记录,从而打破了读者的期望。

在后现代主义文学中,使用日记体裁进行了更前卫的实验性写作,日记的形式使人们能够对事实与虚构、再现与现实、自我与他者之间的边界进行自我反省式的质疑。虽然这里无法全面概述20世纪和21世纪的许多日记小说(本章其他部分将对其中一些作品进行探讨),但有几个例子表明了面对社会问题,日记体在形式上可以给予持续的关注,且具有特殊的效用。珀西瓦尔·埃弗里特(Percival Everett)的《擦除》(*Erasure*,2001)通过并列的两个文本来面对围绕种族和身份的问题:一本是由非裔美国学者撰写的日记,一本是由同一个人撰写的小说,包含夸张的种族偏见。小说描述的黑人境遇比真实的生活更让人相信时,叙述者必须努力应对相应后果。乔治·桑德斯(George Saunders)的《关于桑蓓莉卡女郎的日记》(*The Semplica Girl Diaries*,2013)从一个怀有善意但健忘的普通人的日记出发,对消费主义和剥削现象进行了尖锐的批判,他为读者提供了一面镜子,让读者思考自己在全球不平等体系中的同谋角色。在故事《如果一本书被锁上了，可能很有理由的吧？》（"if a book is locked there's probably a good reason for that don't you think？" 2016）中，海伦·奥耶耶美（Helen Oyeemi）在一个关于种族、性别和办公室政治的故事中引入了神奇的现实主义元素，用一本少女时代的日记来展示过去对现在的神秘而有力的掌控。在当代历史小说中，日记的这些自我意识表现和元文本表现与另一种趋势同时出现，日记成为过去的物质象征，例如 A. S. 拜厄特（A. S. Byatt）的《占有》（*Possession*，1990）和萨拉·沃特斯（Sarah Waters）的《半身》（*Affinity*，1999）等作品。

这段简短的历史凸显了日记小说在 18 世纪至今西方经典文学中的地位。但这并不是全貌，早期的日本作品如《土佐日记》（*The Tosa Diary*，约 935）和《和泉式部日记》（*The Izumi Shikibu Diary*，约 1005）就表明了这一点，这两本日记早于西方日记小说出现。下面的篇幅中我将介绍近年来日记小说在全球的盛行，关于非西方文学传统中日记小说的历史还需要更全面更充分的综述。①

阅读日记小说

此处介绍的四类规范旨在指导读者分析日记小说。然而，并不是所有的日记小说都会使用这些技巧，而是由读者来决定它们是否相关。日记小说的作者无论是遵循写作规范还是创新叙事方式，都为故事的意义和价值的解读提供了指引。

---

① 查阅日记小说书目请访问 www.diaryindex.com。

日记手稿

虚构日记几乎都是手写的日记。尽管一些日记小说承认，作者可能会使用打字机、计算机或数字设备撰写日记，或用音频设备录制日记，或使用摄影、视频和其他视觉技术，大部分日记小说都还是将日记外化为手写稿——日记是小说中的人物能够触摸翻检的纸质实体。事实上，手稿的实体往往是故事的一个关键组成部分，某些情况下比日记的内容更为重要，日记的内容可能会也可能不会向读者披露。人们特别关注日记手稿的识别标记或外观特征，例如所用笔记本或纸张的类型，或日记作者的书法水平。对日记表征的关注在两个反复出现的场景中最为明显：构图场景和发现场景。写作场景描绘了日记作者的写作行为，强调日记写作的实质性和象征性。在乔治·奥威尔（George Orwell）的《一九八四》（*Nineteen Eighty-Four*, 1949）一书中，日记写作在独裁社会中的颠覆性质通过书写工具的质地和感觉来传达：

> （温斯顿）偷偷地，花了不少力气才买到(一支笔)，只是因为他觉得这个精美的乳白色本子值得用一个真正的笔尖书写……他把笔尖蘸了墨水，又停了一下……在纸上写标题是个决定性的行动。
>
> （8）

在完全以日记的形式写的小说中，写作场景要求作者描述写作流程，这可能会让读者更加轻信日记的真实性。对写作流程中细节的关注有时也会成为讽刺的对象，就像萨特的《恶心》一样，当叙述者刚刚开始描述他的书写工具（"这是一个装着我墨水瓶的硬纸盒"）时，突然中断，觉得这样的写法"太愚蠢了，实在写不下去"（1）。

相反，发现场景描绘的是日记作者以外的人接触到日记。日记的发现可能是故事的开端，也可能是情节的转折点。这两种方式都取决于读者的期望，即日记中包含的令人震惊的内容一旦被披露，将推动叙事向前发展。但最初这些场景的焦点是日记本以及日记本中隐藏的诱人秘密。杰夫·范德米尔（Jeff Vandermeer）的科幻小说《湮灭》（*Annihilation*，2014）中有一个神秘的发现场景，一位科学家兼探险家被派往另一个世界去调查之前探险队的失踪之谜，调查中他发现了一大堆被丢弃的日记，这些日记是以前的探险家写的，他们再也没有回来过。

> 日志和其他资料垒成了大约12英尺高、16英尺宽的一堆腐烂物，在靠近底部的地方明显变成了堆肥，纸张沤烂了……撕碎的书页、压破的书页、潮湿变形的日志封面。
> （111—112）

范德米尔使读者窥探日记内容（小说中没有再现）的愿望落空，他利用日记的保存状况来呈现神秘世界的不可知性和过去可能发生的事情。虽然日记小说的许多发现场景中人物都在打开并翻阅日记，但范德米尔和一些其他作者都认为,发现日记这一场景本身,就具有营造情绪、推进情节、预示将来等功能,足以与读者交流。

许多日记小说中也出现了对日记手稿实体的关注,在出版物的页面中力图再现手写日记的外观。常见的做法是在日期标题和每个日记条目与正文之间留有距离,并在日记条目之间插入空行,让读者感觉手中拿的是日记手稿。许多书也采用了模仿手写稿特点的文本修饰手法:与手写体相近的字体、装饰性字形或其他装饰细节,一些日记小说为此努力到了极致,如肯尼思·帕肯(Kenneth Patchen)的《阿尔比恩月光日记》(*The Journal of Albion Moonlight*,1941)和詹姆斯·梅里尔(James Merrill)的《第布洛斯笔记》(*The Diblos Notebook*,1965),使用了排版变化、粗体和斜体字体、删词、漏词等手段再现手写日记的面貌。我们会看到,复制日记手稿外观的兴趣在漫画书和图像小说等视觉叙事形式中相当明显,复制可能性更大。尽管印刷字体极大地限制了复制的可能性,但日记小说中反复提到的手稿形貌特征表明,作者和出版者已认识到日记作为视觉符号的力量,并试图利用其表现能力。

无论多么富有表现力,小说日记手稿也是脆弱的。使日记显得珍贵或具有历史感的形态特征也意味着它很容易丢失、受损或被毁坏。雅培(Abbott)称之为"围绕岌岌可危的手稿的传统写作主题",并写道,"有关文本保存的戏剧性事件成为文本内容的一部分"(*Diary* 186—187)。露丝·尾关(Ruth Ozeki)的《不存在的女孩》(*A Tale for the Time Being*,2013)以一个偶然发现开始,及这个意外所引出了一场毁灭性的经历。小说中一个名叫露丝的角色在加拿大海滩上碰到一堆被冲上来的垃圾,里面有一个"伤痕累累的塑料保鲜袋,表面像发皮疹一样爬满了一层藤壶"(8)。在袋子里,她找到了一个凯蒂猫午餐盒,里面有各种各样的文件,包括一本封面上标明是马塞尔·普鲁斯特的小说,但她打开后发现是一个名叫奈绪的日本女孩写的日记。露丝断定,这本日记很可能是在2011年的海啸中被卷入大海。因此,它的幸存也相当令人难以置信:这本日记曾面临着难以想象的极其危险的困境,却成功跨越了太平洋,完好无损——据推测,奈绪自己都没有幸免于难。虽然尾关将日记置于险境只是为了凸显它奇迹般地重见天日,日记小说中经常出现日记遭受水浸、烧燎、撕破、霉坏、脏污、损毁,或受到威胁,面临实质性损害。日记表面的陈旧或破坏痕迹有助于提升文本的地位,可以佐证历史,确保日记的真实性,同时也增强了阅读体验的特殊性。非小说类日记手稿的读者常会认为自己获得了独特的阅读经历,因为手中的文本独一无二或脆弱不堪。同样,日记小说的读者也得到鼓励,相信某本日记幸存于世完全是为了让他们一睹为快。

对日记手稿的高度关注可能会吸引作者模仿、恶搞或伪造手稿的典型特征。读者对日记手稿常有先入之见,认为日记手稿是珍贵、真实的物品,据此作者有时会利用日记手稿愚弄或挑衅读者。吉莉安·弗林(Gillian Flynn)的《消失的爱人》(*Gone Girl*,2012)一开始就混淆叙述,将对一名失踪女子的调查与她的日记中直指她丈夫是罪魁祸首的段落交错混杂。弗林的推理小说中有许多曲折之处,其中之一就是揭露了这本日记凭空捏造,是妻子为陷害丈夫而一手编造的谎言。妻子以第一人称写的一段话告诉我们,她不仅伪造了日记的自白风格，还伪造了手稿。她故意用不同的笔写作，并烧毁一部分日记，看起来像是她丈夫试图销毁它（237，356）。在小说中妻子操控日记读者（警察），如同弗林操控小说读者一开始就相信日记段落的真实性。这两种手段依靠的都是读者的信念，即日记是值得信赖的作品，其形式特征和材料的脆弱性本身就是证明文本历史、意义和真实性的可靠线索。

最终，日记小说中日记手稿的实际存在为作者创造了写作机会。许多日记小说学者认为，"（虚构）日记的主题……就是写作日记的主题"（Prince 479）。本质上，作者使用日记作者的写作实践或写作工具来代替自己的，以便将注意力转向自己——或虚构的自己。同时，日记手稿的描述细节反映了这样一种信念，即手稿可以通过内容甚至形式进行交流。在本书第一章看到，在阅读手稿时注意它的视觉或触觉特征被认为是一种特殊的阅读能力。虽然标准化印刷的小说无法完全重温阅读手稿的体验，但日记小说提及并唤起了这种体验，以便为叙事目的服务。

- 故事是如何表现日记的材料形式或写作的？
- 日记作为实质性的存在，在故事中起着什么作用？
- 关于写作或阅读，故事通过描述日记手稿以及日记手稿的撰写、发现或销毁，表达了什么想法？

日记叙述者

大多数日记小说中，叙述者或主人公是日记作者。这一事实似乎不言而喻，但非虚构日记和虚构日记之间的关键区别就在于此。在非虚构日记中，作者和日记作者是同一人（回想一下日记主题规范）；在虚构日记中，作者与日记作者是不同的。我们知道日记小说中的日记作者是一个虚构的角色，通常是故事的叙述者或日记作者-叙述者。学者们观察到，由此产生了一个复杂的叙事结构，其中似乎有两个层次的叙事：日记作者-叙述者用日记讲述自己的故事，作者则在讲述日记作者-叙述者的故事。马滕斯（Martens）认为，这导致了"框架式的交际情境"，或是作者、主题和读者熟悉的叙事三角的重叠出现（33）。然而，日记小说的性质模糊了作者和日记作者之间的区别，因为日记作者-叙述者也是作者（日记的作者），特别是在完全以日记形式讲述的故事中，实际作者的存在感可能会减弱，而虚构作者（日记作者）可能逐渐看起来更像文本的真正作者。日记小说的作者经常利用这一点引导读者认为自己在读非虚构日记。一些日记小说在扉页上列出日记作者-叙述者的名字，以掩盖确实存在的作者，如多丽丝·莱辛（Doris Lessing）的《好邻居日记》（*The Diary of a Good Neighbor*，1983），确定简·萨默斯为作者。其他人则通过将日记作者描述为正在创作小说的作者来模糊作者和日记作者之间的区别，如安德烈·纪德（Andre Gide）的《伪币制造者》（*The Counterfeiters*，1925），纪德甚至出版了《伪币制造者日志》（*Journal of The Counterfeiters*，1926）来夸大这种效果，这是一本记述小说写作的日记。

大部分情况下日记小说的作者采用日记结构来创造一种即时感和内在性。这让读者放下疑问，仿佛通过阅读的确可以直接触及作者的思想和感受。其他常见的叙事手段也可以产生类似的效果，如第一人称视角、内心独白和意识流。日记小说与上述写作手法有一些共同的特点，但它利用关于日记的常见观点增强读者的特权意识。这种效果通过日记作者-叙述者独特的声音得以放大，故事的内容（个人细节、自我披露、披露尴尬或秘密的细节）或故事的日记体风格（缩写、碎片化、封闭感）传递了这个声音。伊丽莎白·普伦蒂斯（Elizabeth Prentiss）的《天堂在召唤》（*Stepping Heavenward*, 1869）在开篇中用自己的话介绍了日记作者-叙述者："我本想今天早上早点起床，但外面看起来阴暗又寒冷，床上暖暖和和，令人愉悦。所以我把自己盖得严严实实，凭空设想了很多很多出色的计划。（7）"日记作者坦率承认自己的失败，这一态度让她招人喜爱，也增强了读者对她的认同感。正是由于这些技巧，日记作者-叙述者成为令人难忘的人物，赢得了热情的粉丝和效仿者（普伦蒂斯的女主人公就是这样）的喜爱。尽管日记作者-叙述者坦率而迷人的声音是日记小说的一个重要特征，但是利用日记组织或推进故事也带来了新的叙事问题。

首先，日记作者-叙述者必须解释他们写作的原因。第一人称故事不需要解释为什么叙述者在思考，因为读者很容易接受这样一种假象，即在整个故事中，他们都有权了解叙述者的视角。但是，日记作者-叙述者不仅仅是在思考或体验，他们还在记录自己的想法和经历，因此作者经常需要解释为什么日记作者-叙述者在特定时刻将日记作为自我表达方式。阿伯特（Abbott）认为最常见的解释是隐居作家的叙述。他相信，日记作者-叙述者"与世隔绝"或与社会隔绝,这种情况促使他们开始写日记,但也意味着他们只为自己写作("Letters" 23)。这种与世隔绝的状态可能是字面上的:笛福的《鲁滨孙漂流记》中的主人公被困在一个荒岛上;约翰·福尔斯(John Fowles)的《收藏家》(*The Collector*, 1963)中叙述者被囚禁在地下室;梅·萨藤(May Sarton)的《我们现在的样子》(*As We Are Now*, 1973)中叙述者被送到了一个可怕的老年收容所;等等。隔离状态也可能是比喻性的。换言之,日记作者-叙述者可能是在回应一种与社会隔绝或被剥夺自由的感觉。例如,特蕾莎·德·拉·帕拉(Teresa de la Parra)的《伊菲涅亚》(*Iphigenia*, 1924)中叙述者从法国回到了非常保守的委内瑞拉,在那里,她感到被强加给未婚女孩的性别限制规范也束缚了她。她说:"我在写我喜欢的任何东西,因为这张纸,这张白色的闪亮的纸,充满爱意地保存我告诉它的每一件事,它从来没有、从来不会觉得惊吓,或者对我小题大做,或者用手堵住耳朵。(112)"隐居日记作者之所以写作,是因为日记在别人漠然以对的时候听到了他们,看到了他们,也是因为日记为他们提供了一种潜在的与外界沟通的方式。

其次,日记小说通常探索日记写作对日记作者-叙述者的影响。日记小说让读者相信,日记作者-叙述者的写作可能会影响正在展开的叙事。通过写作,叙述者反思他们生活中的事件,这是一个自我发现的过程,可以改变他们的行为或选择(当然,这是一种虚构的自负态度,因为控制叙事的是作者,而不是日记作者)。阿伯特再次为解读日记小说的这一面提供了一个有用的框架。他认为日记小说可以分为两类:一类是日记写作对日记作者-叙述者有积极影响的,另一类是日记写作对日记作者-叙述者有消极影响的（*Diary* 48，70）。一方面，一些日记小说将日记作者-叙述者塑造成和书中的人物一样，能从自己的经历中学习或成长。在温迪·格拉（Wendy Guerra）的《所有人都离开》（*Everyone Leaves*，2006）中，日记写作治愈了日记作者-叙述者早期生活中的创伤，包括童年受虐、政治压迫和情伤。另一方面，尽管日记具有自我反思的功能，有些故事描述的日记作者-叙述者并没有能力或不愿改变。艾伯特认为米哈伊尔·莱蒙托夫的《当代英雄》就是这种负面影响的例证。尽管日记作者-叙述者坦承自己对他人漠不关心、诱奸女子、谋杀同僚，但并不会使他提升自我。相反，日记鼓动了日记作者-叙述者的破坏行为和妄想情绪。帕特丽夏·海史密斯（Patricia Highsmith）的《伊迪丝日记》（*Edith's Diary*，1977）将这一负面影响发挥到了极致，成为直接导致主角死亡的原因。虽然阿伯特提出了积极影响和消极影响的二元分类，但日记小说的读者可能会发现两类影响难以区分，因为日记作者-叙述者总是努力克服自己的缺点，努力超越自己的局限，从而做出积极的改变。

- 故事如何塑造日记作者-叙述者？它以何种方式寻求在日记作者和读者之间创造一种认同感？
- 对日记作者-叙述者写作的原因，有什么解释？它是如何影响你对日记作者或文本的整体看法的？
- 日记写作行为如何影响日记作者-叙述者，是积极的影响？是消极的？还是二者兼而有之？

框架叙事与编者–读者

如果日记小说的作者有义务解释日记作者–叙述者写作的原因，他们通常也有义务解释为什么他人可以阅读日记。读者是如何获得阅读日记的资格的？如果读者暂时不予质疑，接受日记的真实性，关于读者和出版的问题就会立即蜂拥而至。这些问题是由传统观念引发的，即非小说类日记不应该有其他人阅读。如本书其他部分讨论的，阅读他人的日记会引发道德问题，同时，公开招揽读者或允许读者阅读（尤其是通过出版方式）的日记可能会因其真实性而受到质疑。这些问题为日记在虚构文本中的呈现提供了参考。许多日记小说采用框架叙事来向读者解释日记的来源。通常采取副文本的形式，即从编者–读者的角度在故事开始时写的介绍。费迪南德·奥约诺（Ferdinand Oyono）的《管家》（*Houseboy*，1960）以一段危险的夜间丛林之旅开始，最后编辑说道，"我就是这样接触到托努迪的日记的"，并解释了他选择翻译日记并将其呈现给读者——"你"（8）。然而，一些作者对这种结构进行了创新，如查克·帕拉尼乌克（Chuck Palahniuk）的《日记》（*Diary*，2003），在书的末尾附上了一封信，是由小说中的一个人物写给帕拉尼乌克的，允许他出版日记手稿。其他日记小说中，框架叙事比封闭式日记更为突出，成为一个成熟独立的故事，同时仍然发挥框架的作用，介绍、解释和证明日记在文本中的存在原因。

框架叙事最流行的形式之一是书稿重见天日的故事，讲述日记如何被找到或被发现。如前所述，发现场景在日记小说中很常见，并强调日记的物质外观特征。在框架叙事中，这类发现场景解释了找到日记的过程和获得阅读许可的方式，方便读者接触文本。书稿重现的故事还有另外两个用途：第一，它确定了（或声称可以确定）日记的真实性。在地板下、逝者床边或银行金库中发现的日记都是合乎情理的存在，因此，它们的内容被证实是真实的。第二，书稿重现的故事不会让日记作者因为试图公开自己的日记而遭到谴责。如果日记是他人发现并公开的，日记作者仍然可以维护只为自己书写的立场。书稿重现的文梗频繁出现，以至于成为讽刺的对象。马滕斯（Martens）指出，即使在日记小说的早期历史上，"真伪验证的常规做法也逐渐成为一种讽刺游戏"（63）。她认为瑟伦·克尔凯郭尔（Søren Kierkegaard）的《非此即彼》（*Either/Or*，1843）就是这种现象的例证。克尔凯郭尔模仿了喜闻乐见的发现场景：一个角色用斧头砍坏了一张桌子，无意中打开了一个藏着日记的抽屉。小说继续解构日记的真实性，针对日记的来源，各种主张、各种否认竞相出现，一些同样可疑的日记也纷至沓来。

解释性框架叙事引入了日记小说中的一个重要角色，编辑-读者。许多情况下，读者在日记小说中遇到的第一个声音不是日记作者，而是编辑-读者，即发现日记并公之于众的人。苏珊·加斯特（Susan Gasster）称这个角色为"发现者"（63）。这两个关键人物（日记作者-叙述者和编者-读者）的存在引出了一个问题：谁拥有文本的解释权？一些故事中，编辑-读者被理解为一个次要人物，仅仅是授予读者阅读日记资格的工具。另一些故事中，编辑-读者有更重要的任务，是第二叙述者或是双主角之一，他的声音和视角在文本中占有主导地位。带连字符的专有名词"编辑-读者"指明了这个角色的双重身份。他一般是日记的编辑，对日记进行常规编辑处理：转录、翻译、注释、重新排列或删除某些文本内容，使它最终成为摆在我们面前的样子。从这个意义上说，"编辑-读者"这个虚构角色与第二章讨论的非小说类日记编辑相对应。希莉·哈斯特维特（Siri Hustvedt）的《炽热的世界》（*The Blazing World*，2014）等小说直白地模仿了日记评注版的编辑机制，包括编辑序言、专家访谈和脚注。有时编辑的角色是透明和可靠的，但有时编辑对文本的修改或操控会引起对定稿的质疑。经过编辑的日记，即使是虚构的日记，也可能是媒介日记，涉及编辑和日记作者之间的权利差异，需要读者仔细注意编辑是如何决定日记内容的。同时，编辑-读者也是读者：他们通常是继日记作者之后第一个阅读日记的人，日记的意义部分通过编辑-读者对文本的反映来传达。这就形成了日记小说的复杂结构。受到引导的读者可能会与日记作者-叙述者产生认同感，但也可能会认同编辑-读者，而后者阅读日记的经历也是读者自己的经历。

编辑-读者和其他角色的存在可以将日记小说从严格的第一人称视角转变为多声音、多视角的故事。虽然完全以日记形式讲述的故事受限于日记作者的视角和对事件的理解，但加入其他声音可能会使日记叙述变得复杂化，也尤其会增添日记作者无法获得的信息。编辑-读者这个角色是营造第二种声音的重要手段，但也可以使用其他技巧。日记作者可以把别人写的东西复制到自己的日记里，可以记录与其他角色的对话，让另一个角色可以在日记中批注或插入自己的日记条目，等等。有时，第二个声音会以一种令人惊讶的形式出现，比如在伊丽莎·简·凯特（Eliza Jane Cate）的《苏西·李日记》（*Susy L's Diary*，1849—1850）中，日记作者开始在日记中与一个仙女对话。尽管读者可以意识到对话的仙女是日记作者的想象，仙女似乎比日记作者本人更了解她的生活。这种安排的目的是让读者摆脱日记作者的有限视角，但它也透露了日记作者的盲点。马滕斯说，"对于一个作家来说，呈现一个受骗的或'不可靠'的叙述者轻而易举——只要出现一个反对的声音，就可以削弱他的影响"（37）。同样，这使得读者对日记作者的认同更加复杂，因为读者可以判断日记作者的见解或选择，也可能得出结论，认为日记作者对事件的描述有缺陷或有误。总的来说，日记小说对阅读日记的体验非常感兴趣，日记阅读者受到的影响（积极的和消极的）常会成为小说蓝本，阅读日记本身也成为情节中一个激动人心的场景。

故事的框架叙事是什么？它在文本中引入了哪些声音或观点？
- 编辑-读者在文本中扮演什么角色？这个角色是如何影响读者自己的体验的？
- 如果故事没有采用框架叙事或编辑-读者，它如何解决阅读资格的问题？

日记时间与情节问题

非小说类日记的特点是按时间顺序排列的结构，以顺序标注日期的标题为界限,并注重表现当下或经验的"中间状态"。在第三章中介绍的这些定义性特征赋予了非小说类日记即时性和生命力,但也给小说作者带来了问题,因为小说一般是有情节的。通常认为日记没有情节,普通人的生活是不可预测的,缺乏条理,往往也没有戏剧性可言。那么作者如何在保持日记清晰的时间结构的同时,用诸如上升、高潮和结局之类的惯常手法撰写一个有情节的故事呢?此外,由于日记作者处于故事之中,无法预测未来,日记形式的故事不能轻易地使用伏笔或植入有象征意义的符号。那么作者如何克服日记的叙事局限性,以便在不能使用铺垫、象征或其他常见的叙事技巧的情况下,满足写作需求,或创造新的表达方式?

许多日记小说不顾情节的要求,力求模仿日记时间的特征。大多数人使用带日期的标题来表示时间的流逝。事实上,有日期的标题通常是读者遇到的第一条线索,表明他们正在阅读的是一本日记小说。日期有效地将读者置于虚构的日记阅读体验中。日记给人的感觉是会原样呈现生活经历,标注日期的结构使作者能够依托日记这一特点,运用所谓的"穿插叙述",令故事中的事件与日记中的呈现交替出现(Rimmon-Kenan 90)。借此可以"消除叙述时间和被叙述时间之间的差距"(Abbott,*Diary*,189)。作者用来弥合行动和描述行动之间的差距的技巧有时要求读者悬置怀疑,比如斯托克的《德古拉》,逃离生活的人物停下来在日记中描述他们的经历。对叙述故事的即时性的强调与非小说类日记的非回顾性质相对应。和日记一样,许多虚构的日记用现在时态记录事件和事件发生的过程,而不是从未来的某一点回顾。一些日记小说拒绝了非回顾性结构，所呈现的日记讲述的是日记作者过去的故事。在艾丽丝·默多克（Iris Murdoch）的《大海，大海》(*The Sea, The Sea*, 1978)中，日记作者-叙述者先用现在时写日记，但很快就放弃了用日期标注，开始描述自己的童年，不久，过去、现在和未来之间的界限就不可逆转地模糊了。然而，大多数情况下，按时间顺序讲述的、具有非回顾性的虚构日记将读者与日记作者捆绑，处于生活之中，对未来一无所知，从而增加了故事悬念。

虽然日记小说模仿了日记时间的某些方面，但不会规行矩步，因为对某个角色的日常生活罗缕纪存不太可能有多少吸引力。马克·吐温在《傻子出国记》(*The Innocents Abroad*, 1869)中虚构的童年日记快照中讽刺了日记的枯燥乏味，"星期一——起床、洗漱、上床睡觉。星期二——起床、洗漱、上床睡觉。星期三——起床、洗漱、上床睡觉"(508—509)，等等。故事叙述者努力避免类似重复，转而强调日记时间结构背后的情节。用安德鲁·哈桑（Andrew Hassam）的话说，"日记小说有责任赋予那些显然是偶然发生的日常事件以意义"(*Writing* 39)。为了实现这一目标，日记小说的作者采用了多种技巧。前面讨论的框架叙事和引入其他角色的声音是发展故事情节的两种机制。此外，许多虚构的日记被认为是经过编辑的文本，省略了日记中枯燥或未经构思的部分。布阿莱姆·桑萨尔（Boualem Sansal）的《德国圣战者》(*The German Mujahid*, 2008)中的编辑-读者说："我删掉了很多东西，保留了最好的部分。(35)"作者还利用日记作者写作中的中断，省略他们生活中无趣的方面

（例如，跳过没有重要事情发生的日子），并改变文本的节奏，以加快或减缓叙事进展。而且，日记小说常常与使用第一人称叙述的故事难以区分。为了运用更为传统和灵活的讲述方式，这些文本放弃使用日记体裁作为矫饰。

　　日记时间的改编特别关注虚构日记中的两个重要时刻：开始和结束。框架叙事提供了一种开头：叙述日记是如何逐渐为读者打开，允许他们阅读的？许多日记小说还强调了促使日记作者开始写作的环境，通常是与推动故事发展密切相关的外部动机：冲突、发现、新的经历或挑战，或紧迫的需求或愿望。这些动机可能与促使实际日记作者开始写作的动机相似，这些动机在非小说类日记开始时常见的目的声明中有所阐述。虚构的日记作者很少表示他们在故事开始之前就已经记了日记，因为这可能会让故事显得不完整，毕竟，为什么读者只能看到一部分虚构的日记。虚构日记作者开始写日记的动机是作者提供的关于叙述者性格和环境的第一批线索，因此值得仔细分析。结尾在虚构日记中和在非虚构日记中一样具有挑战性。这两种文本都没有自然或不可避免的终点。因此，日记小说的读者可能会质疑为什么故事会在此时此地结束。考虑到日记的结构设计，有些结尾令人尴尬，不尽如人意，无法充分解释叙事的结尾。其他日记小说在文本结尾描绘了日记作者的精神状态或生活环境的最后一幕。通常，中断写作带有悲观的意味，暗示精神彻底崩溃，或日记作者不再发声，或日记作者的死亡。在另一些时候，写作中断可能会有更乐观的解释：克服挑战，获得自由，或者日记作者迎接新的更好的事物。

这些一般性特征中有一些重要的例外情况，日记小说从根本上重新规划了非小说日记的时间结构。许多作家反对按时间顺序写日记，支持创新结构体系。米歇尔·劳布（Michel Laub）的《坠落日记》（*Diary of the Fall*, 2011）由一系列按顺序编号的段落组成，短小且紧密相连，创造出不断向前的动力，同时也表达了循环往复的时间概念。这种结构反映了小说的中心思想，即大屠杀与大屠杀幸存者孙子的高中经历之间存在相似之处。在劳布的小说中，日记的形式不是强行以线性顺序排列时间，而是凸显过去和现在的变化无常。

- 故事保留了日记时间的哪些方面？改变或调整了哪些方面？为什么？
- 以叙述的时间结构为框架，确定故事中的关键时刻，并探索其意义。

重要主题和交叉体裁

本章指出，日记小说历史悠久，在世界文学中有重要地位。可以归类为日记小说的写作主体体量巨大、体裁多样，并且仍在增长。本文确定的主题和相关体裁旨在将其中一部分作品按主题或表现手法归类，为读者提供便利。这些文本都运用了日记形式写作，这共同点让他们能够对话交流，尽管可能时代和民族文学传统不同。本节讨论的主题和交叉体裁，着重于少数几种思考方式，用以具体分析这些文本，读者也可以探索其他批评视角。

性别、性和性行为

日记属于女性化写作形式，且具有私密性，这是针对非虚构日记的两个举足轻重的观点，导致许多日记小说重点关注性别、性和性行为。虽然在本书中我提出了这两个观点需要重新审视，但也有必要探索它们是如何在小说文本中产生影响的。对于许多作者来说，日记与女性气质和家庭生活的联系为使用日记形式来表现女性的经历创造了机会。作者利用该体裁女性化的优势，合理化他们对女性的关注，让女性发出独特的声音。与此同时，认为日记是私人经历或亲密体验的储存库，这一看法为作者提供了一个机会，可以使用日记形式表现性和性行为，包括LGBTQIA（女同性恋者、男同性恋者、双性恋者、变性、疑性恋者、男女同体、无性恋者）体验。虽然一些日记小说只是重复了关于女性、隐私和日记的传统观念或陈词滥调，但其他许多作品则采纳传统，以构建理解性别、性和性行为的新方式。事实上，这些文本中有许多表现了女权主义或酷儿观点，利用日记批判了父权制。

日记小说中探索性别、性和性行为的问题：

- 为什么作者使用日记来讨论故事中的性别、性和性行为主题？
- 用日记来记录女性的经历是强化了还是挑战了女性与家庭生

活、内心、情感和隐私之间的刻板关系?
- 日记小说中会有以男性为作者的日记,或有男性为主的故事,日记的女性化如何对这类小说产生影响?
- 对性或性行为的描述是否让人们进一步认为这些方面是私密的、个人的甚至是可耻的?还是提供了理解它们的新渠道?
- 日记怎样让作者探索性别和性行为的非二元概念?

殖民主义和后殖民主义

非小说日记在西方殖民主义的形成阶段,在理论和实践两方面都起了作用。尽管将日记视为西方写作的一种形式这种观点具有争议,但它在日记写作与西方个人主义和文化素养之间建立了联系。历史上,许多欧洲人和美国人都写日记,记录他们的殖民经历,用自传体叙事来证明他们在殖民主题上的权威地位。这些日记中有许多被出版,形成了西方对"他者"的普遍看法,强化了权力和剥削制度。这些事实为当代作家利用日记结构虚构殖民和后殖民经历创造了条件。很大程度上,批判殖民主义的作家采用日记体是为了颠覆它与欧美文化霸权的联系,维护被殖民者的主体地位和自我意识。许多人还将西方殖民主义和父权制视为相联系的压迫制度,将这一主题与前面讨论的主题联系起来。

日记小说中探索殖民主义和后殖民主义的问题:

- 有人认为日记是"白人的"或西方的写作形式，对此该如何看待、如何回应？
- 日记的形式是否适合表达非西方人物或世界观？如果是，以什么方式？如果不是，有什么影响？
- 故事如何再现殖民权力，并给予批判？
- 这个故事为重塑殖民或后殖民社会的政治结构提供了哪些选择或备选方案（如果有的话）？

青少年小说

许多人把日记写作与青少年相提并论，认为日记有助于年轻人应对青春期的挑战。这一看法解释了为什么很多青少年小说都采用日记形式。现代将日记与成长经历联系起来的做法，归因于《安妮日记》成为小学生阅读清单上的普及读物（Pinsent），以及对年轻人需要发展健康人际关系抱有的文化焦虑（Day）。青少年小说日记的一个显著特征是日记作者强烈的叙事声音。这个声音通常是轻松愉快的，能够培养年轻读者和日记作者-叙述者之间的认同感。幽默的风格也让作者能够处理复杂的个人和社会问题。许多情况下，这个冷静、未经处理的日记声音为故事的政治评论提供了便利。许多青少年日记小说都采用历史日记的形式，模仿非常到位，年轻读者甚至会相信他们阅读的是一本真实的非虚构日记。另一些人则利用日记私密、深入内心的写作特点，让读者与日记作者-叙述者一起见证创伤、暴力或其他恐怖行为。许多青少年日记小说的作品大量使用视觉意象，或以图像小说、图像回忆录的形式写作，与之后的图文叙事主题联系起来。

探索青少年日记小说的问题：

- 为什么日记形式有助于读者了解年轻主人公的故事？为什么它能特别吸引年轻读者注意？
- 当主人公面对成长的问题时，写日记对他们有什么作用？
- 故事在多大程度上采纳或调整了关于日记的传统观念，如体裁的女性化、所谓的私密性和历史准确性？这些做法与文本的总体含义或主旨有什么关系？
- 故事采用了什么视觉或文体技巧再现日记的结构或外观？
- 许多青少年日记小说都以丛书的形式出版，或者已经成功地改编成系列电视剧和电影，为什么出现这样的现象？是什么使日记与系列虚构作品共存？关于流行文化中的日记，这些改编可以给出什么启示？

漫画、图像小说和图像回忆录

日记是漫画、图像小说和图像回忆录中常见的应用。尽管这些体裁在历史、受众、文学文本地位以及对文本真实性的要求等方面都有很大不同，但在此处的扼要介绍中，我把它们作为图像叙事的相关形式进行讨论。在回答如何以及为什么用图像叙事写作日记时，有两个主要问题摆在了最前面。首先，图像叙事使作者能够直观地再现日记或手写日记页面，突出实体手稿的主题。其次，非小说类日记中的时间表现方式与图像叙事中的时间表现方式有一些显著的相似之处：分段、连续、由空行或空白分隔等。日记形式要求仔细检查序列、节奏、空间和视觉效果，从而在图像文本中创造时间感。日记漫画是一种特殊的图像叙事，覆盖漫画形式记录的日常生活。日记也作为写作对象或互文文本出现在图像小说和回忆录中。在图文并茂的回忆录中，日记常常用来突出记忆、真相和自我表达之间的矛盾对立，这些都是自传的特点。日记有时被用来证实作者对事件的叙述，但它同样也用来说明过去和现在的经历无法准确记录。许多图像日记小说也关注女性的性意识，强化了性别、性和性行为的主题。日记形式使作者能够处理具有挑战性和争议性的主题。

以图像叙事探索日记的问题：

- 如果日记采用图像而不是文字形式，作用是否会改变？为什么？以什么方式改变？
- 故事采用了什么视觉手法或其他表现手法复制日记的结构或外观？
- 日记如何影响图像叙事的视觉或时间形式？
- 关于记忆和自我表征，日记使用了什么观点在叙事中呈现或探索？

非虚构日记中的小说

将非虚构日记视为日记小说的灵感来源是有道理的。历史上,非虚构日记先于虚构日记出现,许多日记小说显然是根据著名的或历史上重要的非虚构日记创作的。然而反向探索一下,思考日记小说以及小说是如何对非虚构日记普遍产生影响,也是有用的。史蒂文·卡格尔(Steven Kagle)和洛伦扎·格拉梅格纳(Lorenza Gramegna)认为,非虚构和虚构日记之间的关系"不是单向的。日记可以启发和指导小说,小说及其模式也可以启发和指导日记"(38)。本章检视了日记小说在漫长的文学史上以及在许多不同的民族传统和语言中的流行情况。这些日记小说作品的出版让读者可以从虚构日记中了解日记。许多日记作者通过阅读日记小说第一次接触到日记,并模仿读到的内容开始自己的日记写作。与此同时,许多日记作者在日记中使用虚构的手法,效仿他们崇拜的作者的风格或语言,或通过日记来发出自己的声音。虽然在某些人看来,模糊真实和虚构的界限可能与日记真实记录自我的预期功能相矛盾,但虚构性值得作为自传体自我叙事的合理组成部分加以探索。日记小说在世界范围内的流行,推动读者关注虚构文本是如何产生和新一代日记作者是如何出现的。

推荐书目:

Anita Loos, *Gentlemen Prefer Blondes* (1925)

Ding Ling, "Miss Sophia's Diary" (1927)

Mario Benedetti, *The Truce* (1960)

Junichiro Tanizaki, *The Key* (1961)

Doris Lessing, *The Golden Notebook* (1962)

Simone de Beauvoir, *The Woman Destroyed* (1967)

Zhang Jie, "Love Must Not Be Forgotten" (1979)

Alice Walker, *The Color Purple* (1982)

Hervé Guibert, *To the Friend Who Did Not Save My Life* (1990)

Qiu Miaojin, *Notes of a Crocodile* (1994)

Helen Fielding, *Bridget Jones's Diary* (1996)

Xiaolu Guo, *A Concise Chinese-English Dictionary for Lovers* (2007)

Mongo Beti, *The Poor Christ of Bomba* (1956)

Ferdinand Oyono, *Houseboy* (1960)

Myriam Warner-Vieyra, *Juletane* (1982)

Mia Couto, *Sleepwalkeing Land* (1992)

Ahmadou Kourouma, *Allah Is Not Obliged* (2000)

David Mitchell, *Cloud Atlas* (2004)

J. M. Coetzee, *Diary of a Bad Year* (2007)

Boualem Sansal, *The German Mujahid* (2009)

Dodie Smith, *I Capture the Castle* (1948)

Sue Townsend, *The Secret Diary of Adrian Mole, Aged* 13 3/4 (1982)

Dear America series (1996-), see also related series: *My Name is America*, *Dear Canada*, *Darios Mexicanos*, and *Mon His-*

toire, etc.

Stephen Chbosky, *The Perks of Being a Wallflower* (1999)

Meg Cabot, *The Princess Diaries* (2000)

George O'Connor, *Journey into Mohawk Country* (2006)

Sherman Alexie, *The Absolutely True Diary of a Part-Time Indian* (2007)

Jeff Kinney, *Diary of Wimpy Kid* (2007)

Claudia Mills, *The Totally Made-up Civil War Diary of Amanda Mac-Leish* (2008)

Rachel Renée Russell, *Dork Diaries: Tales From a Not-So-Fabulous Life* (2009)

L. J. Smith, *The Vampire Diaries* (2010)

Mariko Tamaki and Jillian Tamaki, *Skim* (2010)

Jerdine Nolen, *Eliza's Freedom Road: An Underground RailroadDiary* (2011)

Keshni Kashyap, *Tina's Mouth: An Existential Comic Diary* (2012)

Isabel Quintero, *Gabi: A Girl in Pieces* (2014)

Veera Hiranandani, *The Night Diary* (2018)

Lewis Trondheim, *Little Nothings* (1993-)

James Kochalka, *American Elf* (1998-2012)

Phoebe Gloeckner, *The Diary of a Teenage Girl* (2002)

Erika Moen, *DAR! A Super Girly Top Secret Comic Diary* (2003-2009)

Alison Bechdel, *Fun Home* (2006)

Julie Morah, *Blue is the Warmest Color* (2010)

Dustin Harbin, *Diary Comics* (2012-)

Gabrielle Bell, *Truth is Fragmentary* (2014)

Barroux, *Line of Fire: Diary of an Unknown Soldier* (2014)

Emil Feris, *My Favorite Thing is Monsters* (2016)

Pam Smy, *Thornhill* (2017)

Anne Frank, *Anne Frank's Diary: The GraphicAdaptation* (2018)

基本问题4
日记是否比其他写作形式更具有真实性？

你的日记会通过历史准确性测试吗？1921年，历史学家A.F.波拉德（A.F. Pollard）对W.N.P.巴贝利恩（W.N.P. Barbellion）的日记进行了这样的测试。他将巴贝利恩的日记与气象和军事记录进行了比较，发现他的记录与事实不一致，并得出结论，他的日记不能算是日记。"日记什么时候不是日记？很明显，如果它无可救药地把一周内不同时间发生的事混为一谈，还以月为单位制订计划，那就不是了"（Pollard 27）。H.R.卡明斯（H.R. Cummings，巴贝利恩的兄弟）为他兄弟的日记辩护，反对波拉德所使用的"称之为'历史方法'的测试"，但波拉德毫不妥协，坚持认为"文件既是日记，自然具有证据价值，应该是能经得起测试的"，与事实有出入"对这些日记作为历史证据的价值是致命的"（Cummings 188, 193）。波拉德对天气的不同描述吹毛求疵可能显得极端，但许多读者也认为日记应该真实，尤其是如果要它们具有历史价值的话。

多种因素导致人们将日记视为真实记录：日记的原始手稿状态、私密写作形式、未出版状态、没有读者、不寻求读者——所有这些问题在本书其他部分都已探讨。尽管这些问题很复杂，日记写作与真相之间的联系却是普遍存在且具有影响力的。威廉·马修斯（William Matthews）指出，"对于历史学家来说，一本出色的日记主要价值在于它的现实性"（"Diary as History" cxvi）。但即使作为文学文本而非历史文本来阅读，日记的评判标准也一样是罗伯特·福瑟吉尔（Robert Fothergill）所说的"自然、真诚"（47）。这种观点认为，日记的文学特征（淳朴、易于亲近）体现了日记内容的真实性，从而证明了它真实地再现了日记的自我。

然而，许多人发现，衡量日记真实性的想法是有缺陷的。劳伦斯·罗森瓦尔德（Lawrence Rosenwald）说："断言日记记录只受作者自然的表达冲动支配是错误的，因为这是不可能的。（22）"在自传研究领域，学者们一致认为，期望任何自我写作都是或应该是作者真实的表现，是不切实际的标准。相反，我们应该把自传看作是一种写作形式，与小说，甚至与谎言、与真实都有很多共同点。约翰·保罗·伊金（John Paul Eakin）宣称，"自传中的真实不是一成不变的，而是在自我发现和自我创造的复杂过程中不断演变……作为所有自传体叙事中心的自我必然是一个虚构的结构"（*Fictions* 3）。蒂莫西·道·亚当斯（Timothy Dow Adams）将这种对真理的理解描述为"叙事真理"（12），而西多尼·史密斯（Sidonie Smith）和茱莉亚·沃森（Julia Watson）称之为"主体间真理"（16）。日记学者赞同这些对真理的重新思考,用伊丽莎白·汉普斯滕的话来说,可以认为日记"贴近生活",但不一定是"贴近事实"(15)。换句话说,日记从一个角度反映了他们的生活和时代,反映了他们的真实情况,无论是否与其他书面证据相比较。

对于日记作者来说,日记灵活变通的真理观为他们提供了自我表达的机会,如果恪守事实则没有可能性。阿娜伊斯·宁在她的日记中写道:"你和我秘密地、悄悄地为真理进行着伟大的斗争,但我们的目的不是描述阿娜伊斯·宁;的确不是——那会多么浪费时间。(1922年1月20日)"阿娜伊斯的真理是通过拒绝展现一个清晰的日记自我而显现出来的,对于其他日记作者来说,背离真理是他们表达自我意识的手段。切萨雷·帕韦塞(Cesare Pavese,意大利,1908—1950)表示:"我所说的可能不是真的,如果我所说的是真的,就会背叛我的内心。(1946年10月27日)"琼·迪迪恩(Joan Didion,美国,1934—)在一篇文章中谈论她保持终生的笔记习惯时写道,她的目标"从来都不是……对我所做所想的事情有一个准确的记录",而是"记住我是什么",遵从个人和个人主义的真理标准(133,136)。

如此宽泛的真理概念虽会解放日记作者,但会给读者带来不适。亚当斯(Adams)写道,对于是否还能期望自传写作具有准确性,读者会感到"不安"(12)。著名的日记骗局,如20世纪80年代的《希特勒日记》或最近的《大马士革的一个同性恋女孩》(*A Gay Girl in Damascus*)博客骗局,说明了为什么仍有必要区分遵从叙事真理或主体间真理的日记和纯属捏造的日记。这也表明,将日记贴上真实或虚构标签的做法事关重大。

日记比其他形式的写作更真实吗？事实上，日记呈现了日记作者的本真，或日记作者本人对真理的真实看法，而不一定忠实于历史事实。接受日记作者个人关于准确性的标准，以及他们使用事实、虚构甚至谎言作为自我表达的方式，将有助于读者更好地理解日记作者及其作品。

解读数字日记 5

日记的历史证明了这一体裁在应对影响写作和自我表达的技术变革方面的进化能力。日记最初是用笔和纸书写的，但日记作者在打字机发明后就开始打字了。如今，日记作者在个人电脑上写日记，并越来越多地使用包括在线程序和手持设备在内的数字工具。事实上，目前有很多平台或设备已具有日记功能，或类似日记的功能：社交媒体网络，如脸书（Facebook）、推特（Twitter）、图片分享网 Instagram 和 Pinterest 等；运动跟踪器，如可穿戴摄像头或录音设备；地理定位工具；手机短信、私信、电话录音；电子邮件；在线日历；健康、健身和效率软件，如卡路里计数器或经期跟踪器；网页浏览器历史记录；串流视频、电视或电影观看历史记录；数字摄影记录；视频游戏播放日志，包括音频和视频记录等。以上列表显示，无论我们是否接受，在计算机上或使用计算机所做的一切似乎都是日记。凯瑟琳·卡特（Kathryn Carter）写道："事实上我们都是日记作者，至少那些可以上网、在线的人都是。（428）"与此同时，数字日记写作的许多特征似乎挑战了这一体裁的传统特征，尤其是自我叙述在网络发表，或者未经本人知情或同意的情况下收集有关他们类似日记的资料，都意味着挑战。

本章探讨数字日记这类结构松散的文本，分为三大类：第一类是刻意设计成与纸笔写作日记相当的新式写作，或称计算机写作，如博客、视频日志、日记应用软件或在线日记写作程序。第二类是数字自我表征的形式，没有明确模仿日记，但仍能执行传统的由日记完成的任务，包括社交媒体账户、手机短信和记录日常生活、展示个人细节和保存记忆的智能手机照片。这类文本提出了一个具有挑战性的问题：如果作者不认为自己在写日记，那么文本是否可以被视为日记？第三类是个人通过在线活动生成的数字数据，但由第三方收集，本人可能无法访问。这些数据非常私密地记录个人的日常活动和兴趣，但可以认为它是合乎情理的日记吗？本章探讨以上三种自我写作或自我记录，以及它们是如何扩展使日记体裁复杂化的。我思考了本书其他部分讨论的关于传统日记的四个关键概念是如何在数字环境中进行调整或重新设定的：手稿、日记主题、隐私和日记读者以及日记时间。本章的结尾提出了阅读数字日记可以让我们更加了解传统日记，包括如何重新看待日记历史中的隐私、协作和多模态概念。

在线写作是日记吗？

本章重点介绍数字日记，即通过计算机软件或数字设备生成的数字日记或类似日记的文本。与第二章讨论的数字化日记相比，数字日记依靠计算机进行创作，屏幕和键盘取代了传统纸笔所扮演的角色（图5.1）。尽管写作、保存、发行和复制技术发生了巨大变化，但手写日记或老式日记与数字日记之间的联系仍然值得注意和探索。然而，这种联系的性质仍有争议。当学者们思考新旧媒介之间的关系，尤其是传统体裁（如日记）与数字形式（如博客或社交媒体）之间的关系时，他们会以几种不同的方式来描述这种关系。一些人认为，新媒介与过去无关。丹尼尔·庞迪（Daniel Punday）总结了这一观点，写道："网络文本……就像最近发现的一些新物种：试图尝试采用源自其他媒介的传统文本体裁……本质上来说，都是对形式的误解。（19）"出于这个原因，一些学者认为，即使那些看似模仿日记的在线格式也不应看作是日记。例如，朱莉·拉克（Julie Rak）在回答博客是否等同于日记时指出，"网络日志并不是以新形式延续日记写作。更恰当的解释应该是一种互联网体裁，与互联网的历史一样长"（170）。相比之下，另一些学者将新旧媒介之间的关系描述为人类传播的增长或演变，新媒介取代旧媒介是因为它具有优越的能力。根据这一论点，学者们强调了在线日记所具有的"功能可供性"（新的工具或属性），使日记作者能够比纸质日记更充分、更直接地表达自己。然而，进化模型作为一种"技术决定论"也受到批评，它建立了一种价值等级体系，在这种体系中，新媒介无疑比它所取代的媒介更出色（Kitzmann,"Different"58）。最后，还有学者们将新旧媒介之间的关系描述为"补救"，这一术语指的是新媒介重新利用、重构旧有形式，因此仍然依赖于旧媒介提供灵感和结构（Bolter and Grusin）。这种模式承认，传统媒介对数字格式很重要，尽管它可能会因技术的可供性而改变。例如，苏珊·赫林（Susan Herring）等人认为，"博客既不是独特的，也不是完全从离线体裁复制出来的，而是一种包括其他互联网传播体裁、来源多样的混合类型"（144）。第三种模式对我在本章中分析数字日记产生了影响。与其将数字日记视为老式日记的简单复制品，或将其视为完全不同的体裁，我更倾向采用中间立场看待两种媒介之间的对话、相互的影响和由此产生的写作变化。以这种方式将数字日记历史化，提供了一个重新思考"旧"媒介和"新"媒介的含义和价值的机会，特别是考虑到日记这一体裁历史悠久，一直在不断变化和调整适应。

图 5.1　日记应用软件"记忆拼图"（Momento）促销广告，2010 年上市。d3i 有限公司授权使用

除了争论新、旧媒介之间的关系外，学者们还争论将传统体裁分类标准应用于在线文本是否有意义。我们在这本书中看到，定义体裁并决定在什么情况下如何应用这些定义是文学分析的主要内容，也是数字文本分析的重要组成部分。一些学者质疑像日记这样的陈旧体裁是否与在线或数字设备上出现的自传体写作有关联。但另一些学者认为，体裁研究仍然是解读数字文本的宝贵源泉，尽管他们认为必须承认电子媒介的特定属性。英格尔·阿思克哈夫（Inger Askehave）和安妮·埃勒鲁普·尼尔森（Anne Ellerup Nielsen）

称,"虽然许多网络体裁都有印刷版……但媒介为网络体裁添加了独特的属性",这些属性"在体裁界定中不能被忽视"(125)。学者们发现,在数字环境中,体裁的重要性有了进一步的证据,因为有众多作者提到他们的在线写作参考了数字化之前的体裁。某些情况下,人们试图将老式日记和数字日记分开。劳里·麦克尼尔(Laurie McNeill)观察到,许多博客采用了"否定式定义",类似"这个博客不是日记",这一做法部分归因于对日记的负面性别的刻板印象("Brave",145,148)。另一些情况下,又力求巩固老式日记和数字日记之间的关联。凯莉·卡德尔(Kylie Cardell)认为,数字文本通过标题、格式、风格或声音"自荐"为日记,以利用读者对日记可靠性或真实性的设定(*Dear* 98)。对于许多在线作者,日记体裁规范仍然是个检验标准,帮助他们选择是否在网上分享个人写作,或如何分享。因此,传统日记的规范仍然是有用的解读手段,读者可以用来探索数字日记的形式和内容。

阅读数字日记

通过传统日记的视角阅读数字日记需要重新审视定义日记的许多主要术语和概念,但这些术语和概念在数字媒体背景下也产生了新的含义。将这些"新"日记与"旧"日记放在一起,可以构建一个历史框架,通过这个框架来考察传统理念和实践对创新的自我表征模式的影响。与此同时,数字格式给日记带来的突出变化,在许多情况下似乎从根本上改变了这一体裁的形式和功能,使读者能够探索这一体裁的持续发展。

手稿和数字物质性

日记并不总是以手稿的形式出现，但将日记视为手写纸质文件的想法很普遍，即使是以数字格式。虽然数字日记因为是无法触及的电子形式，看起来可能与日记手稿相对立，但实体手稿仍然对数字日记的构建、接受和使用产生重要影响。

"数字物质性"指的是即使数字文本也有维度、形状和结构。虽然读者无法触摸或处理使用在线日记程序编写的日记，但它确实有一个准物质形式：使用了硬件编写或访问，作者创建日记时在版式、图解或联网方面也做出了实质性的选择。学者们主张读者应该关注日记作者在撰写日记手稿时所做的选择，他们也认识到审视数字日记作者在设计网站、个性化账户等方面所做选择的重要性。这些设计选择可以理解为构成一种交际表达模式。马德琳·索拉普（Madeleine Sorapure）解释说："因为网络日记作者，写作的概念被重新定义，他们也通过图像、导航选择和网站结构'写作'。（5）"约瑟万·迪克（Josévan Dijck）认为日记作者个性化本人网络身份的方式就像一种数字签名，与作家独特的书写风格相当（65—66）。卡德尔甚至表示，数字日记"比任何其他形式更接近手稿"，因为两类书写手段（笔和纸、键盘和屏幕）都支持灵活、开放和多种多样的写作（*Dear* 114）。然而，麦克尼尔（McNeill）警告说，许多类型的软件和在线界面限制了作者表达个性的空间，并指出使用这些技术需要"让人类主体服从软件的命令"，如下拉字段、预设选项和限制格式（"There" 268）。Web 2.0 技术带来的自我表达自由与这些格式对用户施加的限制之间的矛盾是数字写作的一个典型特征。

将手稿和数字物质性之间的对比复杂化的一个问题涉及日记的永久性或短暂性，以及这两个术语定义的不确定性。许多人认为纸质手稿比在线材料寿命更长，在线材料转瞬即逝，并不稳定。其他人则观点相反，认为纸质材料很容易丢失或毁坏，而数字记录则可靠且持久。由于观点大相径庭，数字日记与纸质日记相比，它的"物质性"既强大又稀薄。使这些说法更加复杂的是日记有时会转换媒介。李·汉弗莱斯（Lee Humphreys）将数字文本转换为纸质实体的行为描述为"再物质化"（123）。一些博客和社交媒体账户已经作为书籍重新发行，与手稿日记的印刷版毫无区别。但卡德尔观察到，许多个人正在自己进行再物质化，包括利用商业机构将数字内容重新包装为纪念书籍，努力保存并珍惜看似短暂又琐碎的在线内容（"Modern" 505—506）。许多日记软件标榜的功能是用户能够导出、同步、打印和发布日记条目，以此作为卖点。但用户也可能会通过下载、复制、备份或打印来回收内容，因为他们对数字平台的可靠性失去信心。

纸本和数字格式的轨迹变化也截然相反，部分是由于对古老的手写日记产生了怀旧之情。一些日记作者在博客或 Instagram 等照片分享应用上发布日记手稿的照片，这些文本可以与第二章中探讨的数字化日记相比较，但关键的区别在于日记作者呈现自己的手稿页面，将数字化转变为原始日记写作的延伸。这种做法被称为"复古博客",日记作者管理自己过去的作品,保存日记并进行编目。一些日记作者还使用在线格式夸耀日记的视觉艺术性或技巧。自我数字化实践的必然结果可以在手稿日记通过在线形式的流转中看到,包括重现玛莎·巴拉德、罗伯特·胡克和巴德·墨菲等作家的历史日记的推特账户。媒体交叉突出了日记条目和推特之间的相似之处,即简短、分段、时间戳和按时间顺序组织的自我记录形式。所有这些例子都指出了日记手稿和数字日记之间的重要交叉点,尽管它们之间存在许多差异,但仍以有意义的方式联系在一起。

- 日记手稿和数字日记在形式、风格或视觉上有什么相似之处?
- 日记手稿和数字日记在哪些方面有所不同,尤其是在物质性或技术可供性方面?

日记主体与媒介自我

传统上认为,日记作者为自己写作,书写自己,表达的是一种自传体意义上的自我。然而,我们在第三章对这一传统的研究中看到,学者们普遍认为日记作者并不是简单地代表自我,而是通过写作来构建一种自我,这一视角承认本体的复杂性以及社会历史背景对个人主体性的影响。数字日记增强了日记主题的这些属性,因为网络自我呈现本身具有内在的多样性、变化性、适应性和补救性。数字日记被赋予许多基于网络文化和数字媒介的乌托邦式主张,这些乌托邦式主张提出保障个人的访问权利,保障会产生全球影响的平台，保障由在线参与而实现的政治、社会和经济赋权。然而，人们认为数字日记也反映了这些承诺的局限性，因为个人的自我表达需要利益机构的配合，会受到操控以获取政治利益。安德烈亚斯·基茨曼（Andreas Kitzmann）总结了这种矛盾：

> 在一个层面上，个人对其数字生活叙事的控制增强可能会带来创造性和表达能力的潜在增长。在另一个层面上，增强的控制实际上是市场驱动的……它被牢牢地编入媒体技术消费者综合体的整体矩阵中。
>
> （Saved 45）

数字日记主题是一种媒介自我，数字技术的竞争、与之互动的受众以及对它产生影响的商业和政治力量，都使媒介自我对生活记录的掌控变得复杂。

尽管老式日记和数字日记之间存在差异，但许多读者在阅读数字日记时，还是抱有对待传统日记类似的期望，特别是期待数字日记作者有真实的自我表达。事实上，比起其他媒介，在网络环境中读者更强调充分和坦率的自我披露、及时更新和回应。讽刺的是现实中网络上的自我表达很容易伪装。大多数人在数字身份中有选择地呈现自己，但许多人也使用头像、人物角色、笔名，或匿名写作，这引起了人们对主题准确性的担忧。匿名写作会增加还是减少自我表述的诚实透明程度？卡德尔写文章谈论性工作者的匿名博客时，总结道："匿名现象受到争议，双方各持己见：一方认为使用匿名已经证实秘密的真实性（因为内容是真实的，所以作者匿名以保护隐私），另一方认为使用匿名即意味着可疑（因为内容是虚假的，所以作者匿名以免被发现）。(*Dear* 105)"随着网络骗局数量的激增，读者越来越意识到，即使是最坦白的博客或社交媒体账户也可能造假，他们关注真实的日记自我，对未能达到读者期望的作者表示愤怒甚至施以惩罚——这是数字文化的显著特征。

数字作者编辑或修改自我表述的能力也会让读者对数字日记的真实性产生怀疑。日记手稿的修订通常会留下诸如画掉段落或撕破页面之类的物证，但修订电子文档可能不会留下任何可见的痕迹（Sorapure 4）。在这种情况下，读者怎么能相信日记作者准确呈现了自我？有能力编辑自己日记的数字日记作者，也有动机这样做，因为读者提出了严格的要求。"潜在观众持续、期待的目光创造了一种修辞情境，在线网络迫使我们扮演博物馆馆长、剧作家的角色，审查我们每时每刻的自我表现"（McNeill and Zuern xxvi）。虽然博客作者可能知道，追溯删除或重写博客帖子会让读者质疑博客的真实性，但必须达到网络社区的标准，这一标准可能转化为强烈的动机，促使他们进行文本修订。从文学研究的角度来看，原始帖子和修订版都是构成日记主题的作者行为，但读者无法获取修订的电子记录，可能会阻碍这种修订行为。

数字日记作者可以有很多方式记录生活，各种平台和设备似乎证明了网络文化承诺的包容性和多样性。然而，许多关于数字媒体的研究表明，网络上表现出来的自我具有惊人的同质性，人们倾向于遵守而不是颠覆社会规范，培养了米凯拉·皮肯（Mikaela Pitcan）

等人所说的"普通自我"(163)。这些学者得出的结论是:数字自我表征培养了一种传统的自我,这种自我把身份的独特性尽可能淡化,并重现了霸权规范。许多网络作家不愿遵从,但违反规范对边缘群体的成员来说尤其危险。尽管数字平台承诺支持和鼓励替代身份、叛逆和非传统的声音以及激进的社会批评家,但它们可能会将个体引入安全、可预测的模式,从而产生自觉符合主流意识形态的数字日记。

迄今为止,对数字日记主题的讨论主要集中在自我表述的有意识行为上,但大量个人数字数据是在没有中介代理或本人明确同意的情况下生成的。由此产生的非自愿日记可能仍然记录了个人日常生活的许多细节,对日记写作的性质提出了难以回答的问题。如麦克尼尔所言,"我们再也不能把自传看作是一个自主主体所产生的个人叙事"("There" 66)。相反,营利机构越来越频繁地利用收集到的在线交易、沟通记录和社交媒体活动的数据撰写"影子"自传或传记(77)。当然,个人数据的商业化并不局限于非自愿记录。从脸书上故意自我曝光的帖子到网上购物,每一个以计算机为媒介的行为都有可能被捕获和记录。虽然将这些海量的电子信息缓存与日记进行比较可能会是有用的,但这样做需要对传统的思考方式进行实质性的重新概念化,包括日记主题的个性、主观性和能动性。

- 数字日记主题的网络化性质如何影响日记作者表达自己?
- 数字日记作者如何应对网络日常写作中围绕真实性、可靠性、匿名性和修订以及自我编辑的问题？
- 数字日记作者在哪些方面遵守或抵制数字文化的同质化？后果是什么？
- 因非自愿日记或数据收集技术的存在，日记作为自我记录意味着什么？

公共隐私和网络读者

人们通常认为数字日记的公开性是传统日记和数字日记之间最显著的区别。虽然一些数字日记平台为日记作者提供了限制阅读权限的机制，如推销带有密码、密码保护和加密技术的日记应用程序或在线程序，但许多数字日记是在读者可以公开访问的设备或网站上撰写的。一些人认为，这一特征自动取消了在线或网络写作被归类为日记的资格。邦妮·纳迪（Bonnie Nardi）等学者提出了一个问题："你会让9亿人读你的日记吗？"这突出了大量网络受众与私密的自我披露之间的明显矛盾。然而，本书之前对隐私的讨论表明，日记隐私是一个复杂的概念，很难使用简单的公开和私密二元分类，大多数日记都是在意识到有读者存在的情况下写的。因此，数字日记拥有读者这一点并不构成与纸质日记的根本区别。相反，正是受众规模、读者反应或互动的即时性、网络技术的可供性以及数字日记内容的商业化，使传统日记调整了旧的特点并引入了新的特点。

也许数字日记最令人惊讶的方面是，可能会拥有9亿甚至更多读者的前景并没有对内容产生更大的影响。老式日记和数字日记的内容有更多的共同点。两者都记录日常生活中的普通琐事，思考个人努力，记录人际关系，并坦白亲密经历。学者们已经找到一些方式描述这些自我披露看似矛盾的本质，包括"公开进行的私人写作"（Cardell，Dear 108），"公共私人"和"私人公共"（Lange），"公共隐私"和"联网隐私"（Kitzmann，Saved 80，91），以及"网络隐私"（Marwick and boyd）。这些用语表达的事实是，数字媒介的公共性质并没有消除隐私，而是增强了隐私，使个人感到舒适，虽然偶尔不得不在网上共享个人内容。学者们观察到，尽管确实有隐私遭到曝光的证据，许多数字媒介仍然成功地培养了用户的隐私意识。维维安·塞尔法蒂（Viviane Servaty）认为，屏幕的交互硬件就像一层面纱，让数字日记作者感觉自己是隐形的。她写道："多亏了屏幕，日记作者觉得他们可以写下自己内心深处的感受，而不用担心身份被发现，遭到羞辱，读者觉得他们可以悄悄地观察他人，并从中获得更多的领悟，甚至获得力量。（13）"海伦·肯尼迪（Helen Kennedy）还指出了"感觉是匿名的"这一无形体验——她将其与实际的"匿名"区分开来——是如何鼓励网络自白式写作的（35）。这些感觉如此强烈有力，以至于创造了一种日记式自我披露的文化，超越了数字平台，影响了大量从不认为自己是日记作者的作者或用户。由于这个原因，许多人认为日记在 21 世纪的重要性在扩大而不是缩小。

然而，网络日记式自白写作的盛行也引发了焦虑和愤怒。历史上，传统日记被批评为一种自恋体裁，鼓励个体只关注自己而忽视对他人的责任。数字日记也遇到类似的批评，尽管它们经常是因为在世界范围内产生负面影响而受到指责，并非对个人生活不利而遭诟病。以现代"自恋流行病"为特征的 21 世纪的自我表露文化归因于社交媒体的流行，并与其他病态行为相联系，如暴露癖、霸凌和无法与他人共情（Williams）。"过度共享"一词经常用来描述在数字平台上发布私人的、令人尴尬甚至可耻内容的现象。这些批评强调了这些社会威胁的全新特质，技术可供性带来的大规模流通、匿名互动和数字记录的长期存在则放大了这些威胁。

141　　在线或网络日记写作的性质也对写作产生了重大影响，在数字环境中，把写作重新定义为一种协作行为。读者成为数字内容的合作者，扮演着不可或缺的角色，每一个喜欢、转发、链接、评论、共享或回复都是一种协作形式。历史日志档案显示，读者互动也以纸质形式出现。许多日记在页边空白处有读者的评论，有些日记是合作撰写的（见第三章）。然而，数字技术强化了日记的这一方面，使作者对读者做出反应，并将作者转变为读者或受访者，从而模糊了作者和读者之间的区别。要成为数字文化的成功参与者，大多数情况下需要持续不断地发布和回复信息。麦克尼尔将用户必须对他人的在线活动做出反应的义务称为"紧急需求"，即迫切的参与需要（"Life" 148）。艾美·莫里森（Aime Morrison）详述了脸书为创造这种紧急需求，"诱哄"用户参与网站内容的协同写作而采用的具体技术。她写道："稳定持续的状态更新对脸书很重要。（115）"因此，虽然数字媒介的网络化性质意味着读者可以成为共同作者，但读者与作者互动的强制性使日记作者自主性和真实自我表达的概念复杂化了。

读者对数字日记的影响也越来越多地被从风险管理的角度来看待。读者不仅仅是提供支持的合作者，他们的自我披露建立了有共同价值观的健康网络社区。而人肉搜索、身份盗用、在线跟踪、网上自夸和其他一系列有害行为表明，许多数字平台培育的自白文化让作者面临真正的威胁。麦克尼尔和祖恩写道，"在公共场合表露隐私"创造了"一种无所遮蔽、充满风险的氛围，在这种氛围中，我们不断被迫构建身份，也不断被迫对身份的完整性和安全性进行防范"（viii）。同样，这些风险并不一定前所未有——传统日记经常让作者面临个人危机、公共丑闻或更糟的情况——但危险的迫切性、引起过度关注的可能性以及营利机构为阻止个人掌控数据隐私而设置的障碍，让数字日记作者面临了严峻的挑战。

许多人认为数字日记的公开性和交互性是传统日记和数字日记的最大区别，但在我看来，正是日记内容的商业化突出了两者的区别。数字化之前的日记也不能避免商业化。如第二章所述，编辑和出版日记的过程与所有权、版权和收益问题直接相关。然而，经常在个人用户不知情或不同意的情况下，数字媒介整合他们的写作内容，以指数级的规模创造利润。许多文化评论家谴责社交媒体和其他平台将个人生活故事包装成产品进行销售。今天，把用笔和纸写日记看作是一种激进的行为，不是因为它恢复了曾经的隐私意识，而是因为它使日记作者免受营利机构掠夺。

- 数字格式中，私人日记写作惯例的哪些方面得到保留或修改？
- 为什么人们会在数字平台或设备上书写私密或个人的事情？这样做出于什么动机？面临哪些风险？
- 受众如何影响个人写作数字日记的动机和方式？
- 数字日记写作有自恋性质，还有商业化倾向——这种典型的批评如何影响日记作者在自我表征方面的选择？

网络日记时间

时间是日记体裁的一个定义性特征，在常规日期标题、时间顺序结构、每日条目中有明确应用。本书第三章解释过，这些手段将日记根植于经验之中，从现在时的角度来描述一天中的事件。事实上，对日记真实性的期望与书面记录的即时性有着内在的联系。数字日记保留了这些惯例，同时利用技术的可供性来加快其创作和响应速度。与老式日记一样，数字日记侧重于"现在"，用现在时态的声音记录一天中的即时事件，会影响数字日记作者的写作内容、写作时间以及他们的写作如何被评判。数字技术为作者和用户提供了"实时"响应的能力，缩小了经历与记录之间的差距。露丝·佩奇（Ruth Page）断言数字写作中"最近性"具有很高的价值，因为时间戳成为合法且重要的电子凭证（188）。但是，对许多作者和用户来说，同步记录个人经历的压力增加了他们的数字紧急需求，也就是对保持联系、对事件做出反应和更新内容的强迫性需求（McNeill,"Life" 148）。

数字日记的读者通过技术平台和设备培养了能力，会根据文本的最近性对内容进行判断。同步性意味着真实、可靠且有价值。霍普·沃尔夫（Hope Wolf）在谈到推特时写道："推特能够缩小作者的经历与读者对他们的了解之间的时间差距，大大提高了他们的感染力。（1359）"对许多人来说，数字日记有高效的书写和公开速度，而纸质日记编写缓慢，还要通过出版或数字化后提供给读者，这两者形成了鲜明的对比。沃尔夫指出，老式日记的撰写和出版之间的时间间隔让人们担忧日记已经经过编辑处理或删改，而数字日记则利用即时性来证明它们提供的是第一手真相（1359）。不同的数字界面允许用户进行不同程度的编辑操作，包括上文提到的编辑数字文本而不留下任何痕迹的操作。然而，在线写作的时间性肉眼可见与所述事件紧密相连，促使读者相信附带时间戳的数字文本具有真实性。

传统日记和数字日记时间的主要区别在于读者如何接触或浏览文本。装订好的笔记本或印刷书籍的物质属性会影响读者如何浏览传统日记。读者可以在这些格式的日记间跳读，无须遵循条目顺序，但他们通常会按照抄本页码顺序浏览。数字日记为读者提供了一条完全不同的时间路径。大多数数字平台和设备允许读者首先访问最新的内容。反向时间顺序将最新的帖子置顶，使读者更容易"实时"阅读出现的内容，而不是挖掘旧材料。如果读者确实选择阅读超出眼前的内容，他们有无数种选择：按时间倒序、按主题或关键字、按人气、随机、跟随链接或搜索结果，等等。这些阅读让读者拥有高度的自主权，进一步证明了他们可以是数字文本的共同创造者，并对他们访问的文本设计顺序赋予意义。同时，日记更有可能被解读为片段文本或部分文本。索普尔（Soapure）指出，很有可能每个条目都会"被认为是独立篇章"，脱离原始语境，或脱离一系列自我表达中原有的位置（15）。因此，虽然数字日记通常按时间顺序书写，但文本的阅读和传播方式从根本上打破了线性时间的概念。

数字日记中保留或修改了日记时间的哪些方面？
- 数字日记如何提高数字文化中对最近性或即时性的重视？
- 读者在浏览数字日记时有哪些选择？这些选择如何影响他们对日记时间特征的理解？

数字时代的老式日记阅读

本章提出，许多形式的数字生活写作和网络传播都得益于传统的数字前日记的视角。我的论断是反之亦然。数字日记也可以教给我们如何阅读和解读传统日记。与第四章讨论的日记和日记小说之间的关系类似，因为传统日记早于数字日记，将数字日记视为传统日记的产物是有意义的。但在21世纪，许多人对数字日记的接触将比传统日记多得多。有些人会通过接触数字日记了解日记以及自我反思、记忆保存等实践。还有些人只有在使用社交媒体或其他数字记录形式并有所了解后才会转向老式日记，有些人会在拥有生动、多平台数字生活的同时写作老式日记。无论如何，老式日记和数字日记的关联性只会随着时间的推移而增加。

此外，数字日记鼓励我们重新思考关于传统日记的一些公认观念。越来越多的人能够轻松地以在线形式撰写个人、私密话题，大大地激励了人们重新调整真实的自白写作只在私下进行的说法。作为协作者，读者对数字日记的影响应该使人们更多关注过去的合著日记和面向有限受众传播的日记。网络读者也可以成为威胁，这一事实教会我们评估自传体自我表达的风险和成本，并且或许能警醒公众为什么有些群体的日记档案数量极少。多媒体技术为数字日记作者提供音频、视频、照片和其他表达方式，发挥着令人兴奋的作用，它可以让我们看到大量非叙事性甚至非语言文本，这些文本以前可能不被视为日记，但它们利用不同媒介来表现自我，做出了类似的努力。沿着这些思路，如果我们有理由将 Fitbit 运动追踪数据、脸书状态更新、日记应用程序和 GPS 定位记录称为日记，那么可以想象，面对体量同样巨大且类似日记的材料，我们也能重新认定其体裁归属。这些材料以前被排除在日记之外，因为它们看起来不像手写的、按时间顺序组织的个人生活记录。总之，这些分析思路表明，老式日记不仅有助于理解数字日记的流行、普及和影响，而且可以根据数字衍生物对日记进行富有成效的重新审视。事实上，也许有一天，我们可以摒弃"模拟"和"数字"这两个不同的术语，转而使用已经很宽泛的术语"日记"。

>>>>>> **基本问题5**

在社交媒体时代,日记已然过时了吗?

21世纪初以来,关于日记日薄西山的文章、报道和博客帖子层出不穷。其中许多作品引发了人们的担忧,它们认为日记写作的终结预示着人类的未来。2012年,《纽约时报》推出了名为"辩论空间"的日记论坛,提出了这样一个问题:"在快节奏、不断需要充电的社会中,我们是否已经无法诚实、真挚地描述自己的生活,甚至完全没有能力将它保存?"("Will")。很大程度上,日记写作衰落的罪魁祸首是社交媒体,它的自我表达形式与老式日记不相容,甚至完全对立。简·希林(Jane Shilling)在一篇题为《Instagram时代的秘密日记有什么意义?》("What Point the Secret Diary in the Instagram Age?")的文章中强调了这一看似对立的观点;而康纳·哈钦森(Connor Hutchingson)则对"失去了书写日记的艺术"感到惋惜,他将日记描述为"一种习惯,曾经是许多人日常生活的一部分,现在却似乎只是少数人生活中的一种陈旧的表达形式"。在《社交媒体会扼杀作家的日记吗?》("Will Social Media Kill Writers' Diaries?")中,米歇尔·菲尔盖特(Michele Filgate)特别担忧,如果重要作家停止写日记,潜在后果难以想象。她写道:

> 过去很多作家的日记都是在去世后出版的……但社交媒体时代对通信和日记意味着什么呢?推特、脸书状态更新、汤博乐轻博客帖子和电子邮件是否取代了日志和信件?如果是这样,我们在这个过程中是否失去了什么?

像这样的日记悼词有时会提到与之相关的书法。作为一种技能，特别是作为小学教育中的一门课程，书法正在逐渐消失。安妮·特鲁贝克（Anne Trubek）指出，对许多人来说，"手写能力与核心价值观紧密相连，例如智力、个性和文明，等等"（2）。因此，不能或不愿意以传统方式手写日记与其他理想或制度的潜在衰落可以混为一谈：包括隐私、自我反思、艺术性、自主性和社会本身。

然而很大程度上，认为日记逐渐过时的观点主要来自刻板观念，而不是来自日记数量下降的事实。围绕着作为"失落的艺术"的日记言论重新调整了日记体裁形式的观念，观念之一认为日记是或应该是手写的手稿。人们觉得手写文件更亲密、更直接、更可信，这是一种很有影响力的看法，勾起人们对纸质日记的怀念之情。尽管第五章提到网络日记或数字形式的日记写作激增，但这个看法仍然引人注目。此外，那些对日记的东零西落感到惋惜的人常常认为这类写作利人利己。令人意外的是，对日记的日薄西山之叹引发了一种言论，含蓄地反驳了另一个有影响力的观点，即日记具有自恋性质。第六章中我考察了日记对个人有积极影响还是消极影响的争论。值得一提的是，谴责社交媒体是一个过度分享、暴露自我和追求名气的空间，这赋予了传统日记谦逊、谨慎和受人尊敬的地位，而过去日记不常受到类似礼遇。

现今社交媒体盛行不衰又触手可及，写日记的人越来越少，这种说法准确吗？2013年的一项调查对此予以否定，声称83%的受调查英国少女都写纸质日记（Gordon）。虽然从这项调查中很难确切推断出世界范围内的日记写作情况，仍有大量证据表明，日记写作继续在人们的生活中发挥作用。实际上，日记对年轻作者的吸引力似乎越来越大。2017 年，网络青少年杂志《菜鸟》(*Rookie*) 开始发表读者日记的摘录，同年，该杂志向读者提出了一个问题：为什么写日记是很有意义的事情？这个问题引发了一系列热烈的反应。(Miller, "Here")。尽管一些人仍然不愿意将社交媒体和其他数字写作称为日记，许多人已经全心全意地接受了这一划分。正如杰西·齐默尔曼 (Jess Zimmerman) 所说，"社交媒体是我们的现代日记"。

日记过时了吗？准确的答案是，日记不断改变且一直存在。虽然有些人坚持认为日记与羽毛笔、发黄的纸张和尘封的档案一样，是来自过去的东西，但这种体裁现今仍然存在。无论日记作者是用纸和笔，还是用键盘和屏幕，日记都在持续为个人以及他们的文化和社会发挥重要作用。许多学者指出，事实上日记有令人难以置信的能力，可以适应文化、时代和技术的变化。凯莉·卡德尔 (Kylie Cardell) 赞扬日记是一种"未来的体裁"("future" 347)，是从它悠久的历史中产生的灵活、便利、富有开拓性的自我表达形式。

为什么人们要写日记? 6

为什么人们要写日记？他们的动机多种多样，日记因此也千差万别。能够识别和解释日记写作的最常见的原因，为分析日记提供了一个额外的视角。研究动机也会引发关于日记重要性的对话：写日记如何影响日记作者的生活？日记能超越日记作者，影响更多人吗？日记写作能影响整个世界吗？多数情况下，人们倾向于认为写日记有积极的动机和效果，例如促进自我理解或自我提高。日记写作通常也被理解为具有积极的社会影响。对于许多日记作者而言，日记是一种社会或政治参与的形式。他们认为写日记远远不止于给个人生活带来益处，有可能影响更广大的世界。与此同时，人们对日记是否也会对个人或群体产生负面影响提出了疑问。许多人担心写日记会助长自恋倾向，造成过度自我关注，妨碍与他人建立健康的关系。还有人质疑日记写作是否真的可以作为一种政治压迫、监视或自我监管的手段。换言之，虽然动机和结果通常对个人和群体都是积极的，但写作日记也可能存在一些挑战和代价。

本章通过两条分析线索探讨人们写作日记的动机。第一节依托文化和历史框架进行分析，将日记写作作为一种在特定历史时刻或特定文化和群体中发生的行为。并考察了一些日记作者如何看待日记写作作为一种集体、公共或政治行为，取代了他们的个人需求或目标的现象。同时探索了日记写作拥有的解放和赋予权利的潜力，或者灌输和剥夺权利的潜力。本章的第二节从心理学、教育和自助的角度探讨这个问题。通俗的看法认为日记写作是促进心理健康、生产力和幸福感的行为,本节对此进行思考,并检视了学术研究的不同观点。与第一节一样,本节分别讨论了日记的裨益与日记作者要承担的潜在成本或后果,包括导致自恋、默想或孤立等负面心理状态的发展。本章的两个部分通过在几个不同的学术领域中进行研究来探索日记写作,但就驱动日记作者的复杂动机以及日记写作对个人及其社区的影响得出了类似的结论。

历史、政治和赋权

传统上认为写日记是一种强调个性且非常个人的行为,主要是为了让日记作者受益。然而,许多日记作者认为他们的日记具有社会或集体功能,为社会或整个世界做出贡献。对于他们来说,日记体裁是政治写作的一种形式。无论出版与否,日记都为他们提供了一个文本空间,以回应、干预或抗议定义他们生活的社会或政治环境。在本节中,我通过三个重叠的主题探讨这些动机:历史、政治和赋权。如我所述,日记作为一种抵抗形式,对于受政治创伤或压迫影响的个人,或者对于那些与边缘群体或弱势群体产生共鸣的人来说特别有价值。然而,我们也将看到,并非所有人都认为日记具有积极的政治影响。反例诸如强迫写日记和自我灌输证明,有可能出于许多相互矛盾的政治原因产生日记写作的行为。

一些日记作者写日记是因为他们意识到自己是历史的参与者。他们认识到自己正经历着一个重要的历史时期,并认为自己的日记具有文献价值。通过记录正在经历或见证的事件，这些日记作者自觉地相信自己正在参与历史的书写。事实上，在社会大动荡的时期，呼吁公众为更大的利益而写日记是很常见的。例如，在第一次世界大战之后，大众观察项目鼓励普通英国公民开始写日记，并最终收集了 20 世纪 30 年代至 60 年代的数百本日记（Moran 145）。2016 年唐纳德·特朗普当选美国总统后，美国大屠杀纪念博物馆的档案管理员丽贝卡·L. 埃尔伯丁（Rebecca L. Erbelding）也向美国人发出了类似的呼吁，她敦促历史学家保持每日记录，以帮助未来的历史学家了解这一变革时刻（Zamudio Suarez）。记者萨默·布伦南（Summer Brennan）发出了更明确的政治呼吁，要求以个人写作作为抵制特朗普政治的一种形式，她担心这是独裁主义的前奏。她规劝作者们：

> 记录日记或日志，尽可能多地书写你珍视的事物。法西斯主义倾向于同一性，它代表着语言和思维的荒漠化。你可以用多样性与同一性做斗争。在这个思想沙漠里，我们必须学会成为蛮荒中的绿洲。
>
> （Brennan）

当然，许多日记作者并没有选择成为历史参与者或自愿承担历史学家的角色。相反，他们被卷入历史事件中，如战争、种族灭绝、饥荒、流离失所、自然灾害或其他灾难性经历。当这些事件发生时，他们可能会开始写日记；如果他们已经是日记作者，他们可能会重新调整日记的功能，以描述这些新的创伤体验。

旨在记录历史的日记要求我们重新考虑日记的目的以及为作者服务的方式。这些日记作者可能会选择书写公共事件而不是个人经历，或者在历史背景下构建个人经历。在这样做的过程中，他们削弱了自我与他人之间的区别，把自己当作记录社会上或世界上发生的事情的工具。即使从"自传体我"的角度写作，这些日记作者也在为他人发声。此外，将自己也看作是历史学家的日记作者通常都在写给某个读者。他们的处境岌岌可危，需要表达，读者通常是未来的某个人或摆脱了日记作者困境的某个人。我们在第三章中看到，读者的形象在许多日记中都很有影响力，但在这些日记中会显得特别哀伤，因为他们代表着希望，有人能活着，记住那些死去的人。然而，对经历大规模创伤事件的个人，日记能起的作用仍存在疑问：自我写作给生活在最危险时期的人带来了什么好处（如果有的话）？能帮助他们生存吗？日记是否为他们提供了应对手段，尤其是在可能无法采取直接行动的情况下？或者日记是否难以应对或抵制外力？

大屠杀受害者和幸存者写的日记为这些问题提供了深刻的见解。大卫·帕特森（David Patterson）将导致许多人在大屠杀期间开始写日记的动机描述为一种"召唤"，一种强大的道德和宗教驱动力，促使他们以书面形式保存他们的经历（30）。这一看法得到了日记作者本人的回应，包括查姆·卡普兰（Chaim Kaplan，波兰，1880—1942/1943?），他的日记记录了被困在华沙犹太人区的犹太人的经历。他写道："自战争爆发以来，一个奇怪的想法一直萦绕在我的脑海里，写日记是我必须履行的职责。这个想法就像一团火焰，囚禁在我的骨头里，在我心中燃烧，高呼：记录！（1940年5月2日）。"卡普兰的日记显示了之前描述的两个特点：它是一个民族的记录，而不是一个人的记录，他认为他的日记是为读者写的，虽然他的读者存在于未来，而他越来越清楚自己不会活着看到那个未来。

> 我的一些朋友和熟人……在绝望中敦促我停止写作。"为什么？为了什么目的？你会活着看到它出版吗？"……然而，就算这样，我也不会听他们的。我觉得，将这篇日记坚持到我身体和精神力量的最后一刻，是一项不容放弃的历史使命。
>
> （1942年7月26日）

对于卡普兰和其他在大屠杀期间写作的日记作家来说，一个压倒一切的动机是撰写犹太人的历史，这是他们面对纳粹试图操纵公众认知时的迫切渴望。纳粹分子不仅散布谣言，鼓吹种族灭绝，还销毁了犹太人的档案、图书馆、书籍和个人记录，以压制反叙述。在这种情况下，日记写作成为一种生存、纪念和抵抗的工具，日记作者能够利用日记来保存和恢复犹太人生命的价值。归根结底，记录大屠杀的必要性与防止未来暴行的必要性密不可分，前提是相信了解真相会促使读者采取行动。那么可以认为卡普兰和其他记录大屠杀的日记作者成功实现了这一目标吗？作为历史记录，大屠杀日记展示了日记的力量，它保存了原本会被抹去的故事。作为证据，大屠杀日记向读者讲述了独裁主义、种族和种族偏见以及宗教不容忍的危险。在追求这些目标的过程中，日记作者证明，日记的公共和政治作用与传统的自我叙述功能并行不悖。

日记的政治性在争取言论自由、弱势群体权利和民权等历史时刻中体现得更明显。在艾滋病毒和艾滋病危机的最初几十年，许多受该疾病影响的人开始写日记，致力消除对艾滋病毒和艾滋病感染者的社会污名。在早期，政府或医疗机构几乎没有采取任何措施来切断疾病的传播，活动家们认识到要改变这种状态，就要宣传受到冲击的群体的经历。他们提出"沉默＝死亡"的口号，强调了记录和传播他们故事的紧迫性。写日记是将这一口号付诸实践的方式之一。为了达到这一政治目的，日记作者再次将日记体裁的功能从渲染个性和内省转变为服务于集体和公众。许多日记作者把自己定位成代言者，记录了那些因冷漠、歧视或死亡而沉默的人的困境。埃里克·迈克尔斯（Eric Michaels，美国，1948—1988）在他的日记中说，日记写作旨在抵制伴随艾滋病毒和艾滋病诊断出现的"贴标签"做法。他确定"日记写作可能有助于守护不同的观念"，这为他提供了一个空间，让他可以决定如何描绘自己的生死（4—5）。但迈克尔斯认识到，如果让日记成为见证，需要重新考虑体裁与受众的关系：

> 我在为谁写作？更糟糕的问题是，我以什么立场写作？我可以回避这些问题，说我只是为自己写作而已，只

是希望在可能很快就会意识模糊不清的时候，还能保留一些清晰的生活细节……这样的文本会有人阅读甚至出版吗？我死后一定会从坟墓中致信询问（这样当然会解决或至少控制了立场问题）。

(4)

由于艾滋病不断给许多弱势群体带来痛苦，使用日记形式来提高人们对患者经历的了解一直持续到了现在。2004 年，塞比·努班（Thembi Ngubane，南非，1985—2009）开始用有声日记记录自己感染艾滋病的经历，并通过广播节目和播客《广播日记》(*Radio Diaries*) 进行广播。努班的音频日记为她提供了一个公共平台，该平台帮助她关注该疾病在南非的传播。南非是世界上艾滋病毒感染人数最多的国家之一。这类日记做出的主要政治干预是激励读者和听众采取行动。罗斯·钱伯斯（Ross Chambers）认为，艾滋病日记遵循传递式结构，将政治行动的责任和紧迫性传递给读者。他写道，"由于作者死亡而中止的日记，传递了继续充当见证的义务"(7)。根据钱伯斯的说法，事实上日记作者的生存"取决于他们是否成功地招募到读者作为合适的代理人，继续履行他们中断了的见证义务"(32)。读者有责任将私密的日记阅读体验转变为对缄默、冷漠或歧视的公共和政治回应，这些都是导致日记作者生病或死亡的原因。

日记的政治功能不仅仅表现为公众抗议或集体行动。它还可以采取个人授权的形式。一些作家将日记理解为一种自我表达形式，抵制破坏性的社会或文化信息，并构成积极的自我形象。日记提供了一个表达反叙事的空间，日记作者在其中确定了他们身份的定义特征，无论这些特征是否得到了全世界的认可。黑人女权主义作家和教育家贝尔·胡克斯（Bell Hooks，美国，1952— ）记述了她小时候是如何靠写日记在一个自我意识受到威胁的环境中生存下来的。"对我来说，这是一个批判性反思的空间，在这里我努力理解自己和周围的世界，那疯狂的家庭，疯狂的街区，真是痛苦的世界"（5）。胡克斯承认，日记写作对她来说是一种生存的工具，正是因为这种体裁被视为女性化，无关紧要。"在我们家里，在日记中写自白是可以被接受的，因为没有人会读它……这是'无害'的写作"（4）。她的家人认为写日记会让胡克斯遵守女性化行为的准则，但她发现这反而鼓励她质疑性别准则。长期的日记写作让胡克斯学会了使用这种体裁实现自我转变和赋权，她说，"写作为我们提供了一个空间，我们能够以更充实的生活方式面对现实"（11）。胡克斯用来描述日记写作的语言表明，对她来说，日记既是个人的，也是政治的。胡克斯在她的日记中精心设计了一个自我叙述，展示并珍视她的智慧和创造力，她还对寻求征服和剥夺黑人女性权利的社会做出了激进的回应。

至此，我对日记的历史和政治功能的讨论是从几个相关的假设出发的：日记写作是一项自愿活动；写日记是为了干预和抗议压迫性的环境；日记写作有能力为日记作者和更广阔的世界带来积极的或更好的结果。然而，学者们观察到，一些日记写作可能具有相反的动机和效果，导致描述这种体裁的政治效用变得更加复杂。首先，写日记并不总是自愿的行为。上面讨论的日记作者不能选择他们的历史环境，但他们确实选择了写日记作为自己的回应方式。也有其他的情况，日记写作成为卡罗琳·斯特德曼（Carolyn Steedman）所说的"强制叙事"。斯特德曼认为，尽管我们倾向于认为自传写作是自愿行为——我们的确相信自传表达和构成自我的能力来自它的自愿性质——但事实上，大量自传叙事只是选取部分经历书写或按要求书写的文本（25）。想想你自己的经历，填写正式表格或提交书面申请时，需要你解释、定义或叙述自己。如果你写作不是出于内在动机，而是出于外在的和官方的要求，那么你的自我表征会发生怎样的变化？如果作者有义务写日记，日记还是日记吗？强制性日记和"真实"的日记似乎很容易区分，但格雷斯·赫克斯福德（Grace Huxford）认为，它们之间的区别可能没有我们想象的那么大。他写道："认为任何生活故事都是'纯粹的、自愿的自我表达'其实是危险的，因为某种程度上所有的叙述都是根据他人的要求和阅读方式作出的。（8）"这些例子打破了许多先入为主的关于日记的观念，展示了日记如何被用来征服和审视作者，而不是解放作者并赋予他权力。

即使在监狱的强制空间之外，日记也可以用来控制和规范日记作者的行为，使其符合压制性的社会结构。这与米歇尔·福柯的"全景监狱"概念相似，在全景监狱中，监视工具被内化。日记可能是福柯所说的"每天的全景"，一个小而有力的手段，保证个人按照社会规则塑造自己的思想和行为，即使这些规则最终剥夺了他们的自由（*Discipline* 223）。

此外，作为一种历史或政治写作形式，日记的作用值得质疑。日记真的能干预改变世界的政治或军事斗争吗？面对可怕的暴力或压迫，日记作者有理由相信他们的自我写作会产生影响吗？亚历山德拉·加巴里尼（Alexandra Garbarini）指出，二战后期，许多大屠杀日记中出现了一个转折点，此后，许多日记作者不再认为写日记是一种有意义的政治抗议行为。她说，"种族灭绝改变了日记写作的功能"（130）。起初，日记为犹太作家提供了一种保存文化和抗议不公待遇的方式，但随着时间的推移，日记反而"嵌入他们充满恐惧的环境中"（137）。日记写作导致心理障碍，身体疲惫，也意味着危险——不再是一种逃避方式或抵抗工具。基于大屠杀最后几年日记写作的具体情况，加巴里尼的结论促使人们重新思考日记的政治力量。个人在危险的历史时刻写日记，在不削弱它的重要性的情况下，有必要考虑日记能否记录创伤或压迫并采取行动应对。

读者倾向于认为日记主要是为作者服务，作为一种书写自我、保存记忆的手段，寄托无处倾诉的思想情感。然而，许多日记作者认为，他们的日记能够服务更广大的群体，包括面临威胁或面临社会歧视的群体，实现不同的目标。他们认为日记是构建历史叙事的工具，可以指导未来受众了解过去、干预政治事件或社会结构、抨击不平等现象或更严重的社会现象。怀着这些动机写作的日记有时会采取不同于传统日记的形式：个人内容更少，历史性或记录性更强，关注外界而不是内省，清晰地预测、面对读者，并寻求改变世界。然而，前面提到，这些目标并不一定会使日记更进步、更富自由精神。日记也可能成为加剧社会压迫、剥夺个人权利和增强创伤体验的形式。关注日记作者写作原因的读者可以探索日记体裁的不同方面，寻找它们与文本的具体历史和文化语境之间的关联，并从中获益。

自我、健康和幸福

人们一般认为日记写作会给日记作者带来改变。与上文讨论的社会或政治干预相比，常把这种变化理解为一种个体现象。而且大多数情况下，改变是积极的。众所周知，日记能促进个人成长、成熟、自我理解、自我提高，培养乐观的人生态度。这一观点在心理学、行为科学和教育学等多个领域得到支持，并渗透到许多流行的自助书中，包括致力于自我护理、生产力和幸福的出版物。然而，上述领域的学者和作家也警告说，日记写作的塑造潜力并不总是得到研究认可，他们指出，一些研究表明，对于某些人来说，日记可能会激发或强化破坏性的自我对话或思维。在本节中，基于自我、健康和幸福的主题，我将探讨这些不同的观点。同时介绍两类研究，一类提倡将日记写作作为心理健康和教育成就的一种工具；另一类研究反驳了前者的主张，并就日记的潜在危险发出了警告。这一讨论借鉴了日记作者本人就日记写作对个人影响的思考：既认可日记在生活中所起的积极作用，也担忧日记可能使个人问题加剧而不是协助解决。

如上所见，自传研究的核心主张之一是，像日记写作这样的自我叙述行为可以构成自我，而不是简单地表达自我。从这一观点出发，叙述自我也有可能塑造作者的物质生活经验，不仅决定他们如何认识自己，而且决定他们如何行动、回应，甚至决定他们的存在方式。约翰·保罗·伊金（John Paul Eakin）将其描述为"自传式的生活"，并认为"自传不仅仅是我们在书中读到的东西，相反，作为一种身份话语，在我们日复一日地讲述自己的故事中一点一点地传递，自传构建了我们的生活"（*Living* 4）。日记作为日常自传体写作的一种形式，可以理解为完成了构建自我的角色，并以此来改变个人的生活或身份。菲力浦·勒热纳表示，"写日记首先是一种生活方式"。他强调说，"只要生命存续，日记作者终日在日记中书写"（*On Diary* 31，224）。根据这些观点，几乎不可能将自我的叙述与自我的日常行为和经历分开，因为日记写作的惯例影响并构建了他们所记录的生活。这一提法得到许多日记作者支持。苏珊·桑塔格（Susan Sontag，美国，1933—2004）宣称："我创造了自己。日志是我的自我意识的载体。（1957年12月31日）"后来，她把这个想法总结为："我写作……是为了了解自己的想法。（1966年1月3日）"在桑塔格看来，日记不仅仅是自我的记录或镜子，还是创造自我的机制。

　　理论心理学和临床心理学领域的研究提出，日记和其他形式的自我叙述也有能力改善个人生活，从而拓展了人们对日记写作作为一种自我建构形式的认识。叙事心理学的分支学科建立在伯特伦·J. 科勒（Bertram J. Cohler）、丹·麦克亚当斯（Dan McAdams）和詹姆斯·彭尼贝克（James Pennebaker）等学者的研究基础上，提出讲述自己的故事有可能改变我们的自我概念。心理学家使用写作疗法让患者写自述，将这些观点应用到治疗情景中。乔安妮·弗拉塔罗利（Joanne Frattaroli）对 146 项关于自我表露的心理益处的研究进行了分析，结果有压倒性的证据表明，类似写作疗法的做法是实现创伤后康复的有力工具。温迪·J. 维纳（Wendy J. Wiener）和乔治·C. 罗森瓦尔德（George C. Rosenwald）专门就日记写作进行研究，确定了日记在日记作者生活中发挥的五个主要功能：设定界限、管理情绪、化解界限、反映自我和管理时间。他们得出结论，就健康的自我意识取决于反思和学习自己的经验而言，日记是实现这一目标的"最有用的模式"（56）。克里斯蒂娜·M. 卡恩斯（Christina M. Karns）等人在他们的研究中进一步强调了这些发现，并表明，感恩日记改变了大脑，产生了可以通过磁共振成像扫描观察到的神经活动的明显变化。

这些学术争论影响了许多流行心理学的著作，包括为提高效率、专注力和幸福感提供指导的自助出版物。人们一般认为日记写作是个人为改善生活所能进行的最实用、最有影响力的活动之一。例如，在《幸福优势》(*The Happiness Advantage*)中，肖恩·阿克尔（Shawn Achor）提倡他所说的"积极俄罗斯方块效应"，即用每天记录生活中的好事来训练大脑专注于积极因素的做法（100—101）。比尔·伯内特（Bill Burnett）和戴夫·埃文斯（Dave Evans）的"设计你的生活"（Design Your Life）体系也依赖日记写作，帮助个人清楚地了解自己想要的生活。他们提倡一种名为"美好时光日志"的做法，它跟踪"高峰体验"，以便关注幸福和满足感的来源（58）。使用日记记录生活的精彩而不是简单的日常经历，已经由感恩日记普及，许多自助书都是为了鼓励这种做法。尽管它们的包装不同，但每种方法都提倡同一种观点，即日常写作是一种自我反思和积极思考的工具，有可能使个人重塑自己和自己的环境。

教育领域的研究已经印证了写作日记能够产生积极的心理影响，这些研究涉及日记在改善学生表现和成绩方面的作用。日记写作任务有多种形式，通常可以分为两类：一类与课堂内容直接相关，是基于课堂或学生学习过程的反思性写作；另一类是基于学生生活的反思性写作，其中学生-日记作者不需要讲述课堂活动或学习心得。不同学科和教育层次的教师在课堂上布置日记写作任务，许多研究支持这种做法，认为这是一种有价值的教学方法（图6.1），已经证明日记写作使学生受益良多，促进了批判性思维、学习主动性和总体心理健康。在《学习日记》（*Learning Journals*）中，詹妮弗·穆恩（Jennifer Moon）认为，日记写作作业可以改善心理状态，使之最有利于学习，包括让学生对自己的教育有主人翁意识，鼓励元认知或理解自己的学习风格（26）。这些益处已经在从小学到大学的各种教育环境中得到了证明：在小学阶段，积极思考的日记练习可以使学生的幸福感有所提升，且这种提升与他们的学习能力相关联（Carter et al.）；在大学文学课程中，写学习日志使学生能更积极地参与到课程内容之中（Babcock）。

> **ENGL 4333: Life Writing**
> **University of Texas Arlington**
>
> **Write Your Life**
>
> This assignment asks you to engage in a new form of life writing during the course of the semester. As you study life writing, you will engage in a life writing practice of your own.
>
> Your life writing can take any form but I do ask that you either take up an entirely new kind of life writing or make a significant alteration to an existing life writing practice. For example, you might decide to keep a daily diary during the semester. Or, if you already keep a diary, you might decide to start a blog. Or, if you have blogged occasionally, you might commit to posting weekly. You get the idea. We will discuss other options in class and I encourage students to be creative. But, it must be a *continuous practice* (daily, weekly, bi-weekly, etc.) that you will commit to for the duration of the semester.
>
> Please note: You will not be graded on the quality or content of your life writing, but on your reflection on the practice. You are not be obligated to submit your life writing itself although, depending on your level of comfort, you may choose do so.
>
> **Part 1: Write Your Life**
>
> 1. What kinds of life writing (if any) have you engaged in before this semester? Describe your experiences. What did it mean to you? Why did you begin or end?
> 2. What new life writing will you engage in this semester? Be specific about what materials or technological medium you will be using. Why did you pick this format?
> 3. What are your goals? What do you hope to get out of the experience? How will you measure the outcome? In other words, how will you and I know whether or not you have been successful?
>
> **Part 2: Mid-semester Reflection**
>
> 1. How is it going? Have you been able to stick to your goals? What unexpected experiences have you had? What obstacles have you encountered?
> 2. How has the format/medium you selected shaped the content of your life writing? What does the form encourage or discourage in terms of your self narration?
> 3. How has the reading we have done thus far this semester influenced your life writing? Explore the intersections between the assigned texts/topics and your personal writing. You should make reference to relevant texts from the assigned reading.
>
> **Part 3: End-of-semester Reflection**
>
> 1. How did it go? Did you reach your goals? Were you successful in overcoming obstacles? What strategies did you find most useful?
> 2. How did your life writing practice shape your interpretation of the literary texts we are reading? What insights did you gain that might not otherwise have been readily apparent?
> 3. Select one specific entry, aspect, or technique from your life writing and analyze it using the terms and concepts you've learned this semester. To what extent does literary analysis enable you to better understand your own process? You have the option of illustrating this discussion with an example from your life writing (via screenshot, link, photograph, etc.), if you feel comfortable doing so.
> 4. Will you continue your new life writing practice after the class ends? Why or why not?

图 6.1 教育日记作业范例:《书写人生》

然而，心理学和教育学的学者并没有一致肯定写日记的好处。一些心理学家告诫不要认为日记对每个人来说都是一种合适的工具，相反，他们主张日记作者需要指导以便了解如何运用这种体裁，而有些人应该被警告远离日记写作。奥马尔·法鲁克·西梅克

（Omer Faruk Simsek）观察到，自我反省会导致自我专注，尤其是当个体孜孜求取自我的绝对真理时（1119）。丹尼尔·斯坦（Daniel Stein）和安东尼·M. 格兰特（Anthony M. Grant）进一步证实了这些结论，他们提醒自我反刍具有危险性，这是一种功能失调的自我反省，患者会对自己的缺点耿耿于怀（507）。这类研究表明，日记写作的自我反思功能并不适用于所有人，可能会加剧一些心理健康问题。在教育领域也可以找到类似的警告。蒂莫西·奥康奈尔（Timothy O'Connell）和珍妮特·戴门特（Janet Dyment）对75种教育环境下的反思性日志出版物进行分析后得出结论，尽管大多数教师认为日记可以帮助学生，但在课堂上实施日记写作面临着许多挑战。他们确定了影响学习日记有效性的11个主要障碍，大多数学生认为这类日记无用又添乱，一些日记作业只是再次证实了日记女性化的性别刻板印象的存在（52）。学习日记是布置的作业，而不是主动的写作行为，这一点也反映了上一节提及的对强制性日记的担忧。如果学生知道自己的日记会被老师阅读和评价，他们能否公开、诚实地表达自己？

类似的对日记写作效用的不确定态度，在许多日记中都可以找到。日记作者可能无法回避写作实践中潜在的不健康因素甚至自我伤害的可能。一些日记作者担心日记会加重强迫倾向，导致书写癖，即迫切地需要无休无止地记录个人经历。莎拉·曼古索（Sarah Manguso）这样描述她的书写癖："想象一种没有日记的生活，即使只有一周不写日记，我也会恐慌不安，还不如死掉。（3）"另一些日记作者担心日记会让他们与朋友和家人疏远。巴贝利恩曾问道："一个已经订婚或已婚的男人能认真地继续写日记吗？（1915 年 8 月 6 日）"对巴贝利恩来说，日记的内省功能让他觉得威胁到了他对未来妻子的承诺。日记作者还担心，反思过多，或者太过积极地寻找日记写作素材，会使他们过于被动。亨利·弗里德里克·阿米尔（Henri Frédéric Amiel，瑞士，1821—1881）抱怨在毫无拘束的状态下自己有行为能力缺失的问题，并指控日记应该为这种心理状态负责，他写道："我的胆怯源于反思能力的过度发展，这几乎摧毁了我所有的激情、冲动和本能，因此也摧毁了所有的勇气和信心。（1855 年 7 月 22 日）"相比之下，詹姆斯·鲍斯韦尔（James Boswell）描述了一位朋友的担忧："日记伤害了我，因为它让我四处寻求冒险为它增光添彩。（1763 年 5 月 25 日）"尽管鲍斯韦尔一力辩护，并不觉得日记是一个负担，但在日记的某页，他还是庆幸自己有奇闻趣事可记。日记写作大有裨益，能够帮助自我提升。

日记对作者有好处吗？是否能促进心理健康，帮助自我提高，帮助学习，并为幸福安乐做出贡献？或者，日记是否会加剧自我毁灭性的反刍，加重强迫或自恋行为，并将日记作者与他经历的现实割裂开来？答案可能处于两个极端之间。日记作者会受到各种动机的驱使，也会受到各种影响。他们的写作随着时间的推移而变化，以满足不同的需求，回应不同的历史情景或个人境遇，或适应日记不断变化的流行观念。本节为读者提供了批判性的语境，以引导读者了解日记写作的二元观点，即纯粹的自我肯定或自我毁灭，并细致地剖析日记对作者可能会产生的各种影响。

思考问题：

- 为什么人们要写日记？他们的动机是什么？
- 他们的动机如何影响写作内容或方式？
- 日记对个人或社会有积极、消极或混合的影响吗？如果是，这种影响的性质是什么？如何发现或评估这种影响？
- 日记的动机和影响如何揭示日记在特定历史或文化背景下的作用？
- 日记作者如何才能维护日记写作的积极成果，避免消极影响？

总结：如何写作日记？

这本书为日记的批判性思考引入了新的框架，推翻了一些关于日记体裁的最常见和最有影响力的观点。它探索了各种各样的日记形式和规范，并讨论了围绕这一题材产生的悖论、依然持续的辩论和一些基本问题。它引用的日记来自多个国家，跨越悠久的体裁历史，使用了各种介质，从纸质手稿到微博网络。从这本书中，读者能够了解到日记有多种形式，实现了许多不同的目标，并以独特、创造性和不断发展的方式回应了这一体裁中最为人熟知的规范。

在这本书的前言中，我承认，虽然这本书旨在促进日记的阅读、分析和欣赏，但还有一个目标是鼓励日记读者成为日记写作者。这本书的一些读者已经是日记作者，或者可能曾经写过日记。也有些人根本不会考虑写日记。我希望每一位读者都能从这本书中的日记故事中得到启发，开始写日记或重新开始写日记。以下是一些关于写日记的建议，特别送给那些不确定从哪里开始的人。

写日记应该从哪里开始？根据本书中介绍的日记规范，可以思考四件事：

第一，内容。你想写什么？是记录日常生活的基本事实吗？是要探索伟大的想法还是反思你的经历？日记应该是关于一个你感兴趣或关注的特定话题或主题吗？是否打算让日记服务于特定的目的，例如政治评论或自我完善？

第二，结构。你将如何组织日记？会按照传统的时间顺序，加上注明日期的标题吗？如果不这样做，什么结构最适合你？你打算多久写一次？日记的结构或节奏与你计划的内容有什么关系？

第三，受众。 你的目标受众是谁？如果打算只为自己写日记，你会采取什么策略来保护日记的隐私性？如果你准备好有受众阅读，或者如果你只是预测有可能出现受众，无论是现在还是将来，这会对你的写作内容或写作方式产生怎样的影响？

第四，媒介。 你计划使用的媒介是什么？换句话说，你将使用什么形式、工具、材料或设备撰写日记？这本书提出日记的媒介对内容有明显的影响。你选择的媒介将如何塑造你的写作内容或写作方式？这个媒介可以让你做什么，或者以什么方式限制各种可能性？

这些一般性的、框架性的问题应该会激发人们对如何开始写日记的想法，但对于那些仍然不确定从哪里开始的读者来说，以下日记形式也可能有所帮助。

感恩日记：每天写下你所感恩的正面经历或事情，以培养积极的人生观。

信件日记：把日记写给对你很重要的人。无论你是否会与收件人分享日记，与受众交谈的可能性都会提升写作创造力。

列表日记：列出阅读书目、引语、零碎的想法或问题、简短的描述性段落、目标、经历等。列表日记没有规则，也不需要衔接，日记作者可以自由、广泛地探索自己的兴趣。

关键短语日记：选择一个简短、发人深省的短语开始每个日记条目。例如，在《折叠的时钟》中，海蒂·朱拉维茨在每一条日记条目的开头都写着一句话"今天我……"。其他可以考虑使用的短语比如"没有人知道""如果我可以""我无法停止思考""现在我"等。

这些日记写作建议并没有穷尽所有可能的写作方式，但我希望你能受到启发，找到自己的道路。成为一名日记作者意味着你将进入一个历史悠久，意义卓然的文学领域。这本书的开头希望你能爱上阅读日记，而我在结束时鼓励你爱上写日记这件事。

参考文献

一级书目：日记和日记小说

al-Radi, Nuha. *Baghdad Diaries: A Woman's Chronicle of War and Exile*. Vintage, 1998.

Alexander, Jeb [Carter Newman Bealer]. *Jeb and Dash: A Diary of Gay Life, 1918–1945*. Edited by Ina Russell. Faber & Faber, 1993.

Alexie, Sherman. *The Absolutely True Diary of a Part-Time Indian*. Little, Brown, 2007.

Alvarez, Julia. *Before We Were Free*. Knopf, 2002.

Amiel, Henri-Frédéric. *Amiel's Journal: The Journal Intime of Henri-Frédéric Amiel*. Translated by Mrs. Humphry Ward. 2 vols. Macmillian, 1894.

Barbellion, W. N. P. [Bruce Frederick Cummings]. *Journal of a Disappointed Man*. Penguin Books, 2017.

Barroux. *Line of Fire: Diary of an Unknown Soldier*. Translated by Sarah Ardizzone. Phoenix Yard Books, 2014.

Bashkirtseff, Marie. *I Am the Most Interesting Book of All: The Diary of Marie Bashkirtseff*. Translated by Phyllis Howard Kernberger and Katherine Kernberger. 2 vols. Chronicle Books, 1997.

Basquiat, Jean-Michel. *The Notebooks*. Princeton UP, 2015.

Bechdel, Alison. *Fun Home: A Family Tragicomic*. Houghton Mifflin, 2006.

Bell, Gabrielle. *Truth is Fragmentary: Travelogues & Diaries*. Uncivilized Books, 2014.

Benedetti, Mario. *The Truce: The Diary of Martín Santomé*. 1960. Translated by Harry Morales. Penguin Books, 2015.

Beti, Mongo. *The Poor Christ of Bomba*. 1956. Translated by Gerald Moore. Waveland Press, 2005.

Bobak, Molly Lamb. *Double Duty: Sketches and Diaries of Molly Lamb Bobak, Canadian War Artist*. Edited by Carolyn Gossage. Dundurn Group, 1992.

Boswell, James. *London Journal*, 1762-1763. Edited by Gordon Turnbell. Penguin, 2013.

Brontë, Anne. *The Tenant of Wildfell Hall*. 1848. Penguin Classics, 1996.

Browning, Elizabeth Barrett. *The Barretts at Hope End: The Early Diary of Elizabeth Barrett Browning*. Edited by Elizabeth Berridge. John Murray, 1974.

Burnett Archive of Working Class Autobiographies, Brunel U. http://bura.brunel.ac.uk/handle/2438/7356

Byatt, A. S. *Possession*. Vintage, 1990.

Cabot, Meg. *The Princess Diaries*. HarperTeen, 2000.

Cate, Eliza Jane. "Susy L-'s Diary," *Holden's Dollar Magazine*, October 1849-March 1850. American Periodicals Online.

Chbosky, Stephen. *The Perks of Being a Wallflower*. Gallery Books, 1999.

Cobain, Kurt. *Journals*. Riverhead Books, 2002.

Coetzee, J. M. *Diary of a Bad Year*. Viking, 2007.

Collins, Wilkie. *The Moonstone*. 1868. Penguin Classics, 1999.

Cortázar. Julio. "The Distances: The Diary of Alina Reyes." 1951. *Blow-Up and Other Stories*. Translated by Paul Blackburn. Pantheon Books, 1963, pp. 17-27.

Couto, Mia. *Sleepwalking Land*. 1992. Translated by David Brookshaw. Serpent's Tail, 2006.

Dang, Thuy Tram. *Last Night I Dreamed of Peace: The Diary of Dang Thuy Tram*. Translated by Andrew X. Pham. Three Rivers Press, 2007.

Davis, Emilie. *Memorable Days: The Emilie Davis Diaries*. Project Director, Judith Giesberg. Villanova U. http://davisdiaries.villanova.edu/

de Beauvoir, Simone. *The Woman Destroyed*. 1967. Translated by Patrick O'Brian. G. P. Putnam's Sons, 1969.

de Guérin, Eugénie. *Journal of Eugénie de Guérin*. Edited by G. S. Trebutien. Simpkin, Marshall, 1865. HathiTrust https://hdl.handle.net/2027/hvd.hwlc6w

de Jesus, Carolina Maria. *The Unedited Diaries of Carolina Maria de Jesus*. Edited by Robert M. Levine and José Carlos Sebe Bom Meihy, translated by Nancy P. S. Naro and Cristina Mehrtens. Rutgers UP, 1999.

Defoe, Daniel. *Robinson Crusoe*. 1712. Edited by Michael Shinagel. 2nd edition. W. W. Norton, 1994.

Ding Ling. "Miss Sophia's Diary." 1927. *I Myself Am a Woman: Selected Writings of Ding*

Ling. Edited and translated by Tani E. Barlow. Beacon Press, 1989, pp. 49-81.

Dostoevsky, Fyodor. *Notes from the Underground*. 1864. Translated by Richard Pevear and Larissa Volokhonsky. Vintage Classics, 1994.

Drinker, Elizabeth Sandwith. *The Diary of Elizabeth Drinker*. Edited by Elaine Forman Crane. 3 vols. Northeastern UP, 1991.

Duncan-Wallace, Alexander Munro. *Diary of a Civilian Internee in Singapore* 1942-1945. Royal Commonwealth Society Library, RCMS 103/12/17. U of Cambridge Digital Library. http://cudl.lib.cam.ac.uk/view/MS-RCMS-00103-00012-00017/1

Emerson, Mary Moody. *The Almanacks of Mary Moody Emerson: A Scholarly Digital Edition*. Edited by Noelle A. Baker and Sandra Harbert Petrulionis. https://marymoodyemerson.net/

Emerson, Ralph Waldo. *The Journals and Miscellaneous Notebooks*. Edited by William H. Gilman, George P. Clark, Alfred R. Ferguson, and Merrell R. Davis. 16 vols. Belknap Press of Harvard UP, 1960-1982.

Everett, Percival. *Erasure*. Hyperion, 2001.

Feris, Emil. *My Favorite Thing is Monsters*. Fantagraphic Books, 2016.

Field, Michael [Katharine Bradley and Edith Cooper]. The Online Diaries of "Michael Field". Edited by Marion Thain. *Victorian Lives and Letters Consortium* (Center for Digital Humanities, U South Carolina). http://tundra.csd.sc.edu/vllc/field

Fielding, Helen. *Bridget Jones's Diary*. Viking, 1996.

Filipović, Zlata. *Zlata's Diary: A Child's Life in Sarajevo*. Translated by Christina Pribichevich-Zorić. Viking, 1994.

Flynn, Gillian. *Gone Girl*. Broadway Books, 2012.

Fowles, John. *The Collector*. Vintage, 1963.

Frank, Anne. *The Diary of Anne Frank: The Revised Critical Edition*. Doubleday, 2003.

Anne Frank's Diary: The Graphic Adaptation. Adapted by Ari Folman, illustrated by David Polonsky. Pantheon, 2018.

Fujii, Takuichi. *The Hope of Another Spring: Takuichi Fujii, Artist and Wartime Witness*. Introduced by Barbara Johns. U Washington P, 2017.

Gide, André. *The Counterfeiters; With "Journal of the Counterfeiters"*. 1926. Translated by Dorothy Bussy and Justin O'Brien. Vintage, 1973.

The Notebooks of André Walter. 1891. Philosophical Library, 2007.

Gillespie, Emily Hawley. "*A Secret to be Buried*": *The Diary and Life of Emily Hawley Gillespie, 1858-1888*. Edited by Judy Nolte Lensink. U Iowa P, 1989.

Gloeckner, Phoebe. *The Diary of a Teenage Girl*. North Atlantic Books, 2002.

Gobetti, Ada. *Partisan Diary: A Woman's Life in the Italian Resistance.* Edited and translated by Jomarie Alano. Oxford UP, 2014.

Goethe, Johann Wolfgang von. *The Sorrows of Young Werther*, 1774. Translated by Michael Hulse. Penguin, 1989.

Gogol, Nikolay. *Diary of a Madman, The Government Inspector, and Selected Stories.* Translated by Ronald Wilks. Penguin, 2005.

Gombrowicz, Witold. *Diary.* Translated by Lillian Vallee. Yale UP, 2012.

Grimké, Charlotte Forten. *The Journals of Charlotte Forten Grimké.* Edited by Brenda Stevenson. Oxford UP, 1988.

Guerra, Wendy. *Everyone Leaves.* Translated by Achy Obejas. Amazon Crossing, 2006.

Guevara, Ernesto. *The Complete Bolivian Diaries of Ché Guevara.* Edited by Daniel James. Cooper Square Press, 2000.

Guibert, Hervé. *To the Friend Who Did Not Save My Life.* 1990. Translated by Linda Cloverdale. High Risk Books/Serpent's Tail, 1994.

Guo Xiaolu. *A Concise Chinese-English Dictionary for Lovers.* Anchor Books, 2007.

Harbin, Dustin. *Diary Comics.* 2012-2018. http://dharbin.com/comics/

Highsmith, Patricia. *Edith's Diary.* Simon and Schuster, 1977.

Hillesum, Etty. *Etty Hillesum: An Interrupted Life.* Translated by Arnold J. Pomerans. Henry Holt, 1996.

Hiranandani, Veera. *The Night Diary.* Dial Books, 2018.

Hoby, Margaret. *The Private Life of an Elizabethan Lady: The Diary of Lady Margaret Hoby, 1599-1605.* Edited by Joanna Moody. Sutton, 1998.

Hooke, Robert. *Diary*, 1671/2-1683. London Metropolitan Archives, CLC/495/MS01758. https://search.lma.gov.uk/scripts/mwimain.dll/144/LMA_OPAC/web_

Hustvedt, Siri. *The Blazing World.* Simon and Schuster, 2014.

Inman, Arthur. *The Inman Diary: A Public and Private Confession.* Edited by Daniel Aaron. 2 vols. Harvard UP, 1985.

Japanese American Relocation Digital Archive, U of California. https://calisphere.org/exhibitions/t11/jarda/

Julavits, Heidi. *The Folded Clock: A Diary.* Doubleday, 2015.

Kahlo, Frida. *The Diary of Frida Kahlo: An Intimate Self Portrait.* Translated by Barbara Crow de Toledo and Ricardo Pohlenz. Bloomsbury, 1995.

Kaplan, Chaim A. *Scroll of Agony: The Warsaw Diary of Chaim A. Kaplan.* Translated and edited by Abraham I. Katsh. Macmillian, 1965.

Kashyap, Keshni. *Tina's Mouth: An Existential Comic Diary*. Houghton Mifflin Harcourt, 2012.

Kierkegaard, Søren. *Either/Or*. 1843. Edited by Victor Eremita, translated by Alastair Hannay. Penguin Classics, 1992.

Kinney, Jeff. *Diary of a Wimpy Kid: A Novel in Cartoons*. Amulet Books, 2007.

Kochalka, James. *American Elf*. Vol 1: *The Collected Sketchbook Diaries of James Kochalka*. Top Shelf Productions, 2004.

Kourouma, Ahmadou. *Allah Is Not Obliged*, 2000. Translated by Frank Wynne. Anchor Books, 2007.

Laub, Michel. *Diary of the Fall*. 2011. Translated by Margaret Jull Costa. Other Press, 2014.

Lejeune, Philippe and Catherine Bogaert. *Un Journal à Soi: Histoire d'une Pratique*. Textuel, 2003.

Lermontov, Mikhail. *A Hero of Our Time*. 1840. Translated by Natasha Randall. Penguin Books, 2009.

Lessing, Doris. *The Diary of a Good Neighbor*. 1983. Reprinted in The Diaries of Jane Somers. Vintage, 1984.

——. *The Golden Notebook*. 1962. Harper Perennial, 2007.

Lister, Anne. *The Secret Diaries of Miss Anne Lister*. Edited by Helena Whitbread. Virago, 2010.

Livingstone, David. *Livingstone's* 1871 *Field Diary: A Multispectral Critical Edition*. Project Director, Adrian S. Wisnicki. U of California, Los Angeles. 2011–13. http://livingstone.library.ucla.edu/1871diary/index.htm

Loos, Anita. *Gentlemen Prefer Blondes: The Illuminating Diary of a Professional Lady*. Grosset & Dunlap, 1925.

Lu Xun. *Diary of a Madman and Other Stories*. Translated by William A. Lyell. U Hawaii P, 1990.

Manguso, Sarah. *Ongoingness: The End of a Diary*. Greywolf Press, 2015.

Maroh, Julie. *Blue Is the Warmest Color*. 2010. Translated by Ivanka Hahnenberger. Arsenal Pulp Press, 2013.

Merrill, James. *The (Diblos) Notebook*. Atheneum, 1965.

Michaels, Eric. *Unbecoming*. Edited by Paul Foss. Duke UP, 1997.

Michitsuna no Haha. *Kagerō Diary*. Edited and translated by Sonja Arntzen. U Michigan P, 1997.

Mills, Claudia. *The Totally Made-Up Civil War Diary of Amanda MacLeish*. Farrar, Straus and Giroux, 2008.

Mitchell, David. *Cloud Atlas*. Random House, 2004.

Moen, Erika. *DAR! A Super Girly Top Secret Comic Diary*. 2003-2009. www.darcomic.com

Murdoch, Iris. *The Sea, The Sea*. 1978. Vintage, 1999.

Nabokov, Vladimir. *Lolita*. Vintage, 1955.

Ngubane, Thembi. *Thembi's AIDS Diary: A Year in the Life of a South African Teenager*. Radio Diaries. www.aidsdiary.org/index.html

Nin, Anaïs. *The Early Diary of Anaïs Nin*. Vol. 1. Translated by Jean L. Sherman. 4 vols. Harcourt Brace Jovanovich, 1978-1985.

Nini, Rachid. *Diario de un ilegal*. 1999. Translated by Gonzalo Fernández Parrilla and Malika Embarek López. Ediciones del oriente y del mediterráneo, 2002.

Nolen, Jerdine. *Eliza's Freedom Road: An Underground Railroad Diary*. Simon and Schuster, 2011.

O'Connor, George and Harmen Van den Bogaert. *Journey into Mohawk Country*. Translated by William Starna and Charles Gehring. First Second, 2006.

Operation War Diary. www.operationwardiary.org/

Orwell, George. *Nineteen Eighty-Four*. Harcourt, Brace, & World, 1949.

Oyeyemi, Helen. "if a book is locked there's probably a good reason for that don't you think?" *What Is Not Yours Is Not Yours: Stories*. Riverhead Books, 2016, pp. 307-25.

Oyono, Ferdinand. *Houseboy*. 1960. Translated by John Reed. Heinemann Educational Books, 1966.

Ozeki, Ruth. *A Tale for the Time Being*. Canongate, 2013.

Palahniuk, Chuck. *Diary*. Anchor Books, 2003.

Parra, Teresa de la. *Iphigenia (The Diary of a Young Lady Who Wrote Because She Was Bored)*. Introduced by Naomi Lindstrom, translated by Bertie Acker. U Texas P, 1993.

Patchen, Kenneth. *The Journal of Albion Moonlight*. Padell, 1941.

Pavese, Cesare. *This Business of Living: Diaries 1935-1950*. Transaction Publishers, 2009.

Pepys, Samuel. *The Diary of Samuel Pepys, 1660-1669*. Edited by Robert Latham and William Matthews. 9 vols. U California P, 1970-1983.

Piglia, Ricardo. *The Diaries of Emilio Renzi: Formative Years*. Translated by Robert Croll. Restless Books, 2017.

Podlubny, Stepan Filippovich. Diary (excerpts). *Intimacy and Terror: Soviet Diaries of the 1930s*. Edited by Véronique Garros, Natalia Korenevskaya, and Thomas Lahusen, translated by Carol A. Flath. New Press, 1995, pp. 291-331.

Prentiss, Elizabeth. *Stepping Heavenward.* Collins' Clear-Type Press, 1869.

Qiu, Miaojin. *Notes of a Crocodile.* 1994. Translated by Bonnie Huie. NYRB, 2017.

Quintero, Isabel. *Gabi: A Girl in Pieces.* Cinqo Punto Press, 2014.

Ray, Annie. Diary, 1881-1884 (excerpts). *The Extraordinary Work of Ordinary Writing: Annie Ray's Diary.* Edited by Jennifer Sinor. U Iowa P, 2002.

Richardson, Samuel. *Pamela; or Virtue Rewarded.* 1740. Edited by Peter Sabor. Penguin Classics, 1981.

Rosenberg, Alfred. Diary, 1936-1944. U. S. HolocaustMemorial Museum. https://collections.ushmm.org/search/catalog/irn73077

Rowson, Susanna. *Sincerity.* 1803-1804. Edited by Duncan Faherty and Ed White. Just Teach One, no. 7, Fall 2015. http://jto.common-place.org/just-teach-one-homepage/rowsons-sincerity-1803-04/

Russell, Rachel Renée. *Dork Diaries: Tales From a Not-So-Fabulous Life.* Aladdin, 2009.

Sansal, Boualem. *The German Mujahid.* Translated by Frank Wynne. Europa Editions, 2008.

Sarton, May. *As We Are Now.* W. W. Norton, 1973.

Sartre, John-Paul. *Nausea.* 1938. Introduced by Hayden Carruth, translated by Lloyd Alexander. New Directions, 1964.

Saunders, George. "The Semplica Girl Diaries." *Tenth of December.* Random House, 2013, pp. 109-67.

Singh, Amar. *Reversing the Gaze: Amar Singh's Diary, A Colonial Subject's Narrative of Imperial India.* Edited by Susanne Hoerber Rudolph, Lloyd I. Rudolph, and Mohan Singh Kanota. 2nd Edition. Oxford UP, 2000.

Smith, Dodie. *I Capture the Castle.* St. Martin's Griffin, 1948.

Smith, L. J. *The Vampire Diaries.* Vol. 1: *The Awakening.* Hodder Children's Division, 2010.

Smithsonian Digital Volunteers: Transcription Center, Smithsonian Institution. https://transcription.si.edu/

Smy, Pam. *Thornhill.* Roaring Brook Press, 2017.

Snyder, Susan. *Beyond Words: 200 Years of Illustrated Diaries.* Bancroft Library, U California Berkeley, 2011.

Sontag, Susan. *As Consciousness Is Harnessed to Flesh: Journals and Notebooks*, 1964-1980. Edited by David Rieff. Picador, 2012.

Reborn: Journals and Notebooks, 1947-1963. Edited by David Rieff. Farrar Strauss Giroux, 2008.

参考文献

Stoker, Bram. *Dracula*. 1897. Penguin, 2003.

Sugawara no Takasue no Musume. *The Sarashina Diary: A Woman's Life in Eleventh-Century Japan*. Edited and translated by Sonja Arntzen and Moriyuki Itō. Columbia UP, 2018.

Tamaki, Mariko and Jillian Tamaki. *Skim*. Groundwood Books, 2010.

Tanizaki, Junichiro. *The Key and Diary of a Mad Old Man*. 1961, 1962. Translated by Howard Hibbert. Vintage, 2004.

Thistlewood, Thomas. *Diaries*, 1750-1786. Thomas Thistlewood Papers, Beinecke Library, Yale U. http://brbl-dl.library.yale.edu/vufind/Search/Results? lookfor = OSB _ MSS _ 176&type = CallNumber&sort = title

Thoreau, Henry David. *The Journal of Henry D. Thoreau*. Edited by Bradford Torrey and Francis H. Allen. 14 vols. Houghton Mifflin, 1949.

Townsend, Sue. *The Secret Diary of Adrian Mole*, *Aged* 13 3/4. 1982. Harper Perennial, 2010.

Trondheim, Lewis. *Les petites riens*. www.lewistrondheim.com/blog/

Little Nothings 1: *The Curse of the Umbrella*. NBM Publishing, 2008.

Turgenev, Ivan. *Diary of a Superfluous Man*. 1850. Translated by David Patterson. W. W. Norton, 1999.

Twain, Mark. *Innocents Abroad and Roughing It*. Library of America, 1984.

Vandermeer, Jeff. *Annihilation*. Farrar, Straus and Giroux, 2014.

Van Dyke, Rachel. *To Read My Heart: The Journal of Rachel Van Dyke*, 1810-1811. Edited by Lucia McMahon and Deborah Schriver. U Pennsylvania Press, 2000.

Walker, Alice. *The Color Purple*. 1982. Mariner Books, 2003.

Warner-Vieyra, Myriam. *Juletane*. 1982. Translated by Betty Wilson. Waveland Press, 2014.

Woolf Virginia. *The Diary of Virginia Woolf*. Edited by Anne Olivier Bell, assisted by Andrew McNeillie. 5 vols. Harcourt Brace Jovanovich, 1979-1985.

Wordsworth, Dorothy. *Home at Grasmere: Extracts from the Journal of Dorothy Wordsworth and from the Poems of William Wordsworth*. Edited by Colette Clark. Penguin, 1960.

Zhang Jie. "Love Must Not Be Forgotten." 1979. *Love Must Not Be Forgotten*. Translated by Gladys Young. Panda Books, 1987, pp. 1-15.

Zhang Xianliang. *Grass Soup*. Translated by Martha Avery and David R. Godine, 1995.

二级书目

Abbott, H. Porter. *Diary Fiction: Writing as Action*. Cornell UP, 1984.

"Letters to the Self: The Cloistered Writer in Nonretrospective Fiction." *PMLA* vol. 95, no. 1, 1980, pp. 23-41.

Achor, Shawn. *The Happiness Advantage: The Seven Principles of Positive Psychology that Fuel Success and Performance at Work*. Crown Business, 2010.

Adams, Timothy Dow. *Telling Lies in Modern American Autobiography*. U North Carolina P, 1990.

Altman, Janet Gurkin. *Epistolarity: Approaches to a Form*. Ohio State UP, 1982.

Ariès, Philippe. "Introduction." *The History of Private Life*. Edited by Philippe Ariès and Georges Duby. Vol. III: Passions of the Renaissance. Edited by Roger Chartier, translated by Arthur Goldhammer. Belknap Press of Harvard UP, 1989, pp. 1–11.

Askehave, Inger and Anne Ellerup Nielsen. "Digital Genres: A Challenge to Conventional Genre Theory." *Information Technology and People*, vol. 18, no. 2, 2005, pp. 120–41.

Babcock, Matthew J. "Learning Logs in Introductory Literature Courses." *Teaching in Higher Education*, vol. 12, no. 4, 2007, pp. 513–23.

Baker, Noelle A. "'Something more than material': Nonverbal Conversation in Mary Moody Emerson's Almanacks." *Resources for American Literary Study*, vol. 35, 2010, pp. 29–67.

Berger, Harry, Jr. "The Pepys Show: Ghost-Writing and Documentary Desire in 'The Diary.'" *ELH*, vol. 65, no. 3, 1998, pp. 557–91.

Bolter, Jay David and Richard Grusin. *Remediation: Understanding New Media*. MIT Press, 1999.

Bornstein, George. "Facsimiles and Their Limits: The New Edition of Yeats's, the Winding Stair and Other Poems." *Textual Cultures: Texts, Contexts, Interpretation*, vol. 6, no. 2, 2011, pp. 92–102.

Brennan, Summer. "Notes from the Resistance: A Column on Language and Power." *Literary Hub*, 9 Dec. 2016. https://lithub.com/notes-from-the-resistance-a-column-on-language-and-power/

Bunkers, Suzanne L. "Diaries: Public and Private Records of Women's Lives." *Legacy*, vol. 7, no. 2, 1990, pp. 17–26.

Burnett, Bill and Dave Evans. *Designing Your Life: How to Build a Well-Lived, Joyful Life*. Knopf, 2016.

Buzzetti, Dino and Jerome McGann. "Critical Editing in a Digital Horizon." *Electronic Textual Editing*. Edited by John Unsworth, Katherine O'Brien O'Keeffe, and Lou Burnard. Text Encoding Initiative. www.tei-c.org/Vault/ETE/Preview/mcgann.html

Caplan, Nigel A. "Revisiting the Diary: Rereading Anne Frank's Rewriting." *Anne Frank's The Diary of Anne Frank*. Edited by Harold Bloom. Bloom's Literary Criticism, 2010, pp. 83–100.

参考文献

Cardell, Kylie. *De@r World: Contemporary Uses of the Diary*. U Wisconsin P, 2014.

"The Future of Autobiography Studies: The Diary." *a/b: Auto/biography Studies*, vol. 32, no. 2, 2017, pp. 347–350.

"Modern Memory-Making: Marie Kondo, Online Journaling, and the Excavation, Curation, and Control of Personal Digital Data." *a/b: Auto/biography Studies*, vol. 32, no. 3, 2017, pp. 499–517.

Carter, Kathryn. "Accounting for Time in Nineteenth-Century Manuscript Diaries and Photographs." *Life Writing*, vol. 12, no. 4, 2015, pp. 417–30.

Carter, Paul J., et al. "Happy Thoughts: Enhancing Well-Being in the Classroom with a Positive Events Diary." *Journal of Positive Psychology*, vol. 13, no. 2, 2018, pp. 110–121.

Carvajal, Doreen. "Anne Frank's Diary Gains 'Co-Author' in Copyright Move." *New York Times*, 13 Nov. 2015. www.nytimes.com/2015/11/14/books/anne-frank-has-a-co-as-diary-gains-co-author-in-legal-move.html

Chambers, Ross. *Facing It: AIDS Diaries and the Death of the Author*. U Michigan P, 1998.

Cook, Matt. "Sex Lives and Diary Writing: The Journals of George Ives", *Life Writing and Victorian Culture*. Edited by David Amigoni. Ashgate, 2006, pp. 195–214.

Cottam, Rachel. "Diaries and Journals: General Survey." *Encyclopedia of Life Writing: Autobiographical and Biographical Forms*. Edited by Margaretta Jolly. 2 vols. Fitzroy Dearborn, 2001, pp. 267–269.

Couser, G. Thomas. "Genre Matters: Form, Force, and Filliation." *Life Writing*, vol. 2, no. 2, 2005, pp. 139–156.

Crangle, Sara. "Out of the Archive: Woolfian Domestic Economies." *Modernism/Modernity*, vol. 23, no. 1, 2016, pp. 141–176.

Cummings, H. R. "Barbellion's Diaries: A Reply." *History*, n.s., vol. 6, October 1921, pp. 183–194.

Day, Sara K. *Reading Like a Girl: Narrative Intimacy in Contemporary American Young Adult Literature*. UP Mississippi, 2013.

Delafield, Catherine. *Women's Diaries as Narrative in the Nineteenth-Century Novel*, Ashgate, 2009.

Derrida, Jacques. *Archive Fever: A Freudian Impression*. Translated by Eric Prenowitz. U Chicago P, 1995.

Didion, Joan. "On Keeping a Notebook." *Slouching Towards Bethlehem*. Dell, 1961, pp. 131–141.

Dijck, José van. *Mediated Memories in the Digital Age*. Stanford UP, 2007.

Doll, Dan. "'Like Trying to Fit a Sponge into a Matchbox': Twentieth-Century Editing of Eighteenth-Century Journals." *Recording and Reordering: Essays on the Seventeenth-and Eighteenth-Century Diary and Journal.* Edited by Doll and Jessica Munns. Bucknell UP, 2006, pp. 211-28.

Eakin, Paul John. Fictions in Autobiography: *Studies in the Art of Self-Invention.* Princeton UP, 1985.

Living Autobiographically: How We Create Identity in Narrative. Cornell UP, 2008.

Eggert, Paul. "Apparatus, Text, Interface: How to Read a Printed Critical Edition." *The Cambridge Companion to Textual Scholarship.* Edited by Neil Fraistat and Julia Flanders. Cambridge UP, 2013, pp. 97-118.

Felski, Rita. *The Limits of Critique.* U Chicago P, 2015.

Ferriter, Meghan. "Volunpeers: Hashtag, Identity, and Collaborative Engagement." *Meghan in Motion.* 5 April 2016. http://meghaninmotion.com/2016/04/05/volunpeers-hashtag-identity-engagement/

Filgate, Michele. "Will Social Media Kill Writers' Diaries?" Salon, 4 Aug. 2013. www.salon.com/2013/08/04/will_social_media_kill_the_writers_diary/

Fothergill, Robert A. *Private Chronicles: A Study of English Diaries.* Oxford UP, 1974.

Foucault, Michel. *The Archeology of Knowledge and the Discourse on Language.* Translated by A. M. Sheridan Smith. Pantheon, 1972.

Discipline and Punish: The Birth of the Prison. Translated by Alan Sheridan. Vintage, 1977.

The History of Sexuality: Vol 1: An Introduction. Translated by Robert Hurley. Vintage, 1990.

Frattaroli, Joanne. "Experimental Disclosure and Its Moderators: A Meta-Analysis." *Psychological Bulletin*, vol. 132, no. 6, 2006, pp. 823-865.

Fuchs, Miriam. "The Diaries of Queen Lili'uokalani." In *Significance of Primary Records.* Modern Language Association, 1995. www.mla.org/Resources/Research/Surveys-Reports-and-Other-Documents/Publishing-and-Scholarship/Significance-of-Primary-Records/Read-the-Report-Online/The-Diaries-of-Queen-Lili-uokalani-Miriam-Fuchs

Fuentes, Marisa J. *Dispossessed Lives: Enslaved Women, Violence, and the Archive.* U Pennsylvania P, 2016.

Gabler, Hans Walter. "Theorizing the Digital Scholarly Edition." *Literature Compass*, vol. 7, no. 2, 2010, pp. 43-56.

Garbarini, Alexandra. *Numbered Days: Diaries and the Holocaust.* Yale UP, 2006.

Garvey, Ellen Gruber. *Writing with Scissors: American Scrapbooks from the Civil War to the*

Harlem Renaissance. Oxford UP, 2012.

Gasster, Susan. "Inside Looking Out: The Journal Novel in West African Francophone Literature."*Modern Language Studies*, vol. 23, no. 3, 1993, pp. 60-72.

Gay, Peter. Education of the Senses. Vol. 1 of *The Bourgeois Experience: Victoria to Freud.* Norton, 1984.

Genette, Gérard. Paratexts: *Thresholds of Interpretation.* Translated by Jane E. Lewin, foreword by Richard Macksey. Cambridge UP, 1997.

Gilman, William H. "Introduction." *The Journals and Miscellaneous Notebooks of Ralph Waldo Emerson.* Edited by Gilman, Alfred R. Ferguson, George P. Clark, and Merrill R. Davis. Vol. 1. Belknap Press of Harvard UP, 1960, pp. xiii-l.

Gordon, Bryony. "Dear Diary, I'm Glad to Find You're Still Alive." *The Telegraph*, 14 Jan. 2013. www. telegraph. co. uk/women/mother-tongue/familyadvice/9800532/Dear-Diary-Im-glad-to-find-youre-still-alive. html

Gunner, Liz. "Keeping a Diary of Visions: Lazarus Phelalasekhaya Maphumulo and the Edendale Congregation of AmaNazaretha." *Africa's Hidden Histories: Everyday Literacy and Making the Self.* Edited by Karin Barber. Indiana UP, 2006, pp. 155-79.

Gusdorf, Georges. "Conditions and Limits of Autobiography." *Autobiography: Essays Theoretical and Critical.* Translated by James Olney. Edited by Olney. Princeton UP, 1980, pp. 28-48.

Hampsten, Elizabeth. *Read This only to Yourself: The Private Writings of Midwestern Women,* 1880-1910. Indiana UP, 1982.

Hardwick, Elizabeth. "Memoirs, Conversations and Diaries." *View of My Own: Essays in Literature and Society. Farrar*, Straus and Cudahy, 1962, pp. 49-65.

Harrison, Kimberly. *The Rhetoric of Rebel Women: Civil War Diaries and Confederate Persuasion.* Southern Illinois UP, 2013.

Hassam, Andrew. "Reading Other People's Diaries."*University of Toronto Quarterly*, vol. 56, no. 3, 1987, pp. 435-42.

Writing and Reality: A Study of Modern British Diary Fiction. Greenwood Press, 1993.

Hellbeck, Jochen. *Revolution on My Mind: Writing a Diary Under Stalin.* Harvard UP, 2006.

Herring, Susan C. , Lois Ann Scheidt, Elijah Wright, and Sabrina Bonus. "Weblogs as a Bridging Genre."*Information Technology and People*, vol. 18, no. 2, 2005, pp. 142-171.

Hogan, Rebecca. "Endangered Autobiographies: The Diary as a Feminine Form."*Prose Studies*, vol. 14, no. 2, 1991, pp. 95-107.

Hoogenboom, Hilde. "The Famous White Box: The Creation of Mariia Bashkirtseva and Her Diary." *Gender and Sexuality in Russian Civilisation*. Edited by Peter I. Barta. Routledge, 2001, pp. 181–204.

hooks, bell. *remembered rapture: the writer at work*. Holt, 1999.

Huff, Cynthia A. "Reading as Re-Vision: Approaches to Reading Manuscript Diaries." *Biography*, vol. 23, no. 3, 2000, pp. 504–523.

Humphreys, Lee. *The Qualified Self: Social Media and the Accounting of Everyday Life*. MIT Press, 2018.

Hunter, J. Paul. *Before Novels: The Cultural Contexts of Eighteenth-Century English Fiction*. W. W. Norton, 1990.

Hunter, Jane H. "Inscribing the Self in the Heart of the Family: Diaries and Girlhood in Late-Victorian *America*." *American Quarterly*, vol. 44, no. 1, 1992, pp. 51–81.

Hutchinson, Conner. "The Lost Art of Keeping a Diary." *The Boar*, 15 Nov. 2017. https://theboar.org/2017/11/lost-art-keeping-diary/

Huxford, Grace. "'Write Your Life!': British Prisoners of War in the Korean War (1950–1953) and Enforced Life Narratives." *Life Writing*, vol. 12, no. 1, 2015, pp. 3–23.

Kagle, Steven E. and Lorenza Gramegna. "Rewriting Her Life: Fictionalization and the Use of Fictional Models in Early American Women's Diaries." *Inscribing the Daily: Critical Essays on Women's Diaries*. Edited by Suzanne L. Bunkers and Cynthia A. Huff. U Massachusetts P, 1996, pp. 38–55.

Karns, Christina M., William E. Moore III, and Ulrich Mayr. "The Cultivation of Pure Altruism via Gratitude: A Functional MRI Study of Change with Gratitude Practice." *Frontiers in Human Neuroscience*, vol. 11, 2017, pp. 1–14.

Kennedy, Helen. "Beyond Anonymity, or Future Directions for Internet Identity Research." Poletti and Rak, pp. 25–41.

Kitzmann, Andreas. *Saved From Oblivion: Documenting the Daily from Diaries to Web Cams*. Peter Lang, 2004.

——. "That Different Place: Documenting the Self Within Online Environments." *Biography*, vol. 26, no. 1, 2003, pp. 48–65.

Kropf, Evyn C. "Will that Surrogate Do? Reflections on Material Manuscript Literacy in the Digital Environment from Islamic Manuscripts at the University of Michigan Library." *Manuscript Studies*, vol. 1, no. 1, 2016, pp. 52–70.

Kuhn-Osius, K. Eckhard. "Making Loose Ends Meet: Private Journals in the Public Realm." *German Quarterly*, vol. 54, no. 2, 1981, pp. 166–76.

Kumbier, Alana. *Ephemeral Material: Queering the Archive*. Litwin Books, 2014.

Kunin, Aaron B. "Other Hands in Pepys's Diary." *MLQ*, vol. 65, no 2, 2004, pp. 195–219.

Lange, Patricia G. "Publicly Private and Privately Public: Social Networking on YouTube." *Journal of Computer-Mediated Communication*, vol. 13, 2008, pp. 361–380.

Lejeune, Philippe. "The Autobiographical Pact." *On Autobiography*. Edited by Paul John Eakin, translated by Katherine Leary. U Minnesota P, 1989, pp. 3–30.

On Diary. Edited by Jeremy D. Popkin and Julie Rak, translated by Katherine Durnin. U Hawaii P, 2009.

Lester, David. *The 'I' of the Storm: Understanding the Suicidal Mind*. De Gruyter, 2014.

Levine, Robert M. and José Carlos Sebe Bom Meihy. "Introduction." *The Unedited Diaries of Carolina Maria de Jesus*. Edited by Levine and Meihy, translated by Nancy P. S. Naro and Cristina Mehrtens. Rutgers UP, 1999, pp. 1–17.

Malhotra, Anshu and Siobhan Lambert-Hurley. "Introduction." *Speaking of the Self: Gender, Performance, and Autobiography in South Asia*. Edited by Anshu Malhotra and Siobhan Lambert-Hurley. Duke UP, 2015, pp. 1–30.

Manoff, Marlene. "Theories of the Archive from Across the Disciplines." *Portal: Libraries and the Academy*, vol. 4, no. 1, 2004, pp. 9–25.

Martens, Lorna. *The Diary Novel*. Cambridge UP, 1985.

Marwick, Alice E. and danah boyd. "Networked Privacy: How Teenagers Negotiate Context in Social Media." *New Media and Society*, vol. 16, no. 7, 2014, pp. 1051–1067.

Matthews, William. "The Diary." *The Diary of Samuel Pepys*, 1660–1669. Edited by Robert Latham and William Matthews. Vol. I. U California P, 1970, pp. xli-lxvii.

"The Diary as History." *The Diary of Samuel Pepys*, 1660–1669. Edited by Robert Latham and William Matthews. Vol. I. U California P, 1970, pp. cxiv-cxxxvii.

"The Diary as Literature." *The Diary of Samuel Pepys*, 1660–1669. Edited by Robert Latham and William Matthews. Vol. I. U California P, 1970, pp. xcvii-cxiii.

Mbodj-Pouye, Aïssatou. "Writing the Self in Rural Mali: Domestic Archives and the Genres of Personal Writing." *Africa*, vol. 83, no. 2, 2013, pp. 205–226.

McCarthy, Molly. *The Accidental Diarist: A History of the Daily Planner in America*. Chicago UP, 2013.

McMahon, Lucia. "'We Would Share Equally': Gender, Education, and Romance in the Journal of Rachel Van Dyke." *To Read my Heart: The Journal of Rachel Van Dyke*, 1810–1811. Edited by Lucia McMahon and Deborah Schriver. U Pennsylvania Press, 2000, pp. 309–337.

McNeill, Laurie. "Brave New Genre, or Generic Colonialism? Debates over Ancestry in Internet Diaries." *Genres in the Internet: Issues in the Theory of Genre*. Edited by Janet Giltrow and Dieter Stein. John Benjamins, 2009, pp. 144-161.

"Labelling Our Selves: Genres and Life Writing." *Life Writing*, vol. 2, no. 2, 2005, pp. 7-18.

"Life Bytes: Six-Word Memoir and the Exigencies of Auto/Tweetographies." Poletti and Rak, pp. 144-164.

"There is no 'I' in Network: Social Networking Sites and Posthuman Auto/Biography." *Biography*, vol. 35, no. 1, 2012, pp. 65-82.

McNeill, Laurie and John D. Zuern. "Online Lives 2.0." *Biography*, vol. 38, no. 2, 2015, pp. v-xlvi.

Medway, Peter. "Fuzzy Genres and Community Identities: The Case of Architecture Students' Sketchbooks." *The Rhetoric and Ideology of Genre: Strategies for Stability and Change*. Edited by Richard Coe, Lorelei Lingard, and Tatiana Teslenko. Hampton Press, 2002, pp. 123-53.

Miller, Carolyn R. "Genre as Social Action." *Quarterly Journal of Speech*, vol. 70, 1984, pp. 151-67.

Miller, Rachel Wilkerson. "Here's Why Teens Keep Diaries." *Buzzfeed*, 20 Aug. 2017. www.buzzfeed.com/rachelwmiller/teens-on-why-they-keep-a-diary

Moffat, Mary Jane and Charlotte Painter, eds. *Revelations: Diaries of Women*. Vintage, 1975.

Moody, Glyn. "Copyright Chaos: Why Isn't Anne Frank's Diary Free Now?" *Arstechnica.com*, 26 April 2016. https://arstechnica.com/tech-policy/2016/04/anne-frank-diary-copyright-public-domain/

Moon, Jennifer A. *Learning Journals: A Handbook for Reflective Practice and Professional Development*. 2nd edition. Routledge, 2006.

Moran, Joe. "Private Lives, Public Histories: The Diary in Twentieth-Century Britain." *Journal of British Studies*, vol. 54, 2015, pp. 138-162.

Morrison, Aimée. "Facebook and Coaxed Affordances." Poletti and Rak, pp. 112-131.

Mumford, Louis. "Emerson Behind Barbed Wire." *New York Review of Books*, 18 January 1968, pp. 3-5.

Nardi, Bonnie A., Diane J. Schiano, and Michelle Gumbrecht. "Blogging as Social Activity, or Would You Let 900 Million People Read Your Diary?" *Proceedings of Computer-Supported Cooperative Work* 2004, *vol* 6, *no.* 3, 2004, pp. 222-231.

Neufeldt, Leonard N. "Thoreau in his Journal." *The Cambridge Companion to Henry David*

Thoreau. Edited by Joel Myerson. Cambridge UP, 1995, pp. 107-123.

Nicholson, Bob. "The Digital Turn: Exploring the Methodological Possibilities of Digital Newspaper Archives."*Media History*, vol. 19, no. 1, 2013, pp. 59-173.

Nolan, Maura. "Medieval Habit, Modern Sensation: Reading Manuscripts in the Digital Age."*Chaucer Review*, vol. 47, no. 4, 2013, pp. 465-176.

Nussbaum, Felicity. "Toward Conceptualizing Diary."*Studies in Autobiography*. Edited by James Olney. Oxford UP, 1988, pp. 128-140.

O'Connell, Timothy S. and Janet E. Dyment. "The Case of Reflective Journals: Is the Jury Still Out?"*Reflective Practice*, vol. 12, no. 1, 2011, pp. 47-59.

Page, Ruth E. *Stories and Social Media: Identities and Interaction*. Routledge, 2012.

Paperno, Irina. "What Can Be Done with Diaries?"*Russian Review*, vol. 63, no. 4, 2004, pp. 561-173.

Pascal, Roy. *Design and Truth in Autobiography*. Routledge, 1960.

Patterson, David. *Along the Edge of Annihilation: The Collapse and Recovery of Life in the Holocaust Diary*. U Washington P, 1999.

Pinsent, Pat. "Sacred Texts: The Role of Diary Passages in Recent Children's Fiction." *Journal of Children's Literature Studies*, vol. 3, no. 2, 2006, pp. 80-99.

Pitcan, Mikaela, Alice E. Marwick, and danah boyd. "Performing a Vanilla Self: Respectability Politics, Social Class, and the Digital World." *Journal of Computer-Mediated Communication*, vol. 23, 2018, pp. 163-179.

Podnieks, Elizabeth. *Daily Modernism: The Literary Diaries of Virginia Woolf, Antonia White, Elizabeth Smart, and Anaïs Nin*. McGill-Queen's UP, 2000.

Poletti, Anna and Julie Rak. *Identity Technologies: Constructing the Self Online*. U Wisconsin P, 2014.

Pollard, A. F. "An Essay in Historical Method: The Barbellion Diaries."*History*, n. s, vol. 6, April 1921, pp. 23-32.

Pollitt, Katha. "Review of Anaïs Nin'sIncest." *New York Times*, 22 Nov. 1992, pp. BR3. Proquest Historical Newspapers.

Porte, Joel. "Preface."*Emerson in His Journals*. Edited by Porte. Belknap Press of Harvard UP, 1982, pp. v-xi.

Pratt, Mary Louise. *Imperial Eyes: Travel Writing and Transculturation*. Routledge, 1992.

Prince, Gerald. "The Diary Novel: Notes for the Definition of a Sub-Genre."*Neophilologus*, vol. 59, 1975, pp. 477-481.

Prose, Francine. *Anne Frank: The Book, the Life, the Afterlife*. Harper Collins, 2009.

Punday, Daniel. "From Synesthesia to Multimedia: How to Talk about New Media Narrative."*New Narratives: Stories and Storytelling in the Digital Age*. Edited by Ruth Page and Bronwen Thomas. U Nebraska P, 2011, pp. 19-34.

Rak, Julie. "The Digital Queer: Weblogs and Internet Identity." *Biography*, vol. 28, no. 1, 2005, pp. 166-182.

Raoul, Valerie. "Women's Diaries as Life-Savings: Who Decides Whose Life Is Saved? The Journals of Eugénie de Guérin and Elisabeth Leseur."*Biography*, vol. 24, no. 1, 2001, pp. 140-151.

Reynolds, Dwight F. "The Fallacy of Western Origins."*Interpreting the Self: Autobiography in the Arabic Literary Tradition*. Edited by Reynolds. U California P, 2001, pp. 17-35.

Rimmon-Kenan, Shlomith. *Narrative Fiction: Contemporary Poetics*. Methuen, 1983.

Rosenwald, Lawrence. *Emerson and the Art of the Diary*. Oxford UP, 1988.

Rudolph, Susanne Hoerber, Lloyd I. Rudolph, and Mohan Singh Kanota. "Introduction." *Reversing the Gaze: Amar Singh's Diary, A Colonial Subject's Narrative of Imperial India*. Edited by Rudolph, et al. 2nd Edition. Oxford UP, 2000, pp. 3-44.

Schwartz, Joan M. and Terry Cook. "Archives, Records, and Power: The Making of Modern Memory."*Archival Science*, vol. 2, 2002, pp. 1-19.

Serfaty, Viviane. *The Mirror and the Veil: An Overview of American Online Diaries and Blogs*. Rodopi, 2004.

Shandler, Jeffrey. "From Diary to Book: Text, Object, Structure."*Anne Frank Unbound: Media, Imagination, Memory*. Edited by Barbara Kirshenblatt-Gimblett and Jeffrey Shandler. Indiana UP, 2012, pp. 25-58.

Sherman, Stuart. *Telling Time: Clocks, Diaries, and English Diurnal Form, 1660-1785*. U Chicago P, 1996.

Shilling, Jane. "What Point the Secret Diary in the Instagram Age?"*The Telegraph*, 30 July 2017. www.telegraph.co.uk/news/2017/07/30/point-secret-diary-instagram-age/

Siemens, Ray, et al. "Towards Modeling the Social Edition: An Approach to Understanding the Electronic Scholarly Edition in the Context of New and Emerging Social Media," *Literary and Linguistic Computing*, vol. 27, no. 4, 2012, pp. 445-461.

Simons, Judy. *Diaries and Journals of Literary Women from Fanny Burney to Virginia Woolf*. U Iowa P, 1990.

Simsek, Omer Faruk. "Self-Absorption Paradox is Not a Paradox: Illuminating the Dark Side of Self-Reflection." *International Journal of Psychology*, vol. 48, no. 6, 2013, pp. 1109-1121.

Sinor, Jennifer. *The Extraordinary Work of Ordinary Writing: Annie Ray's Diary*. U Iowa

P, 2002.

Skeehan, Danielle C. "Caribbean Women, Creole Fashioning, and the Fabric of Black Atlantic Writing." *The Eighteenth Century*, vol. 56, no. 1, 2015, pp. 105-123.

Smith, Roger. "Self-Reflection and the Self." *Rewriting the Self: Histories from the Renaissance to the Present*. Edited by Roy Porter. Routledge, 1997, pp. 49-57.

Smith, Sidonie and Julia Watson. *Reading Autobiography: A Guide for Interpreting Life Narratives*. 2nd edition. U of Minnesota, 2001.

Sorapure, Madeleine. "Screening Moments, Scrolling Lives: Diary Writing on the Web." *Biography*, vol. 26, no. 1, 2003, pp. 1-23.

Spacks, Patricia Meyer. *Privacy: Concealing the Eighteenth-Century Self*. U Chicago P, 2003.

Steedman, Carolyn. "Enforced Narratives: Stories of Another Self." *Feminism and Autobiography: Texts, Theories, Methods*. Edited by Tess Cosslett, Celia Lury and Penny Summerfield. Routledge, 2000, pp. 25-39.

Stein, Daniel and Anthony M. Grant. "Disentangling the Relationships Among Self-Reflection, Insight, and Subjective Well-Being: The Role of Dysfunctional Attitudes and Core Self-Evaluation." *Journal of Psychology*, vol. 148, no. 5, 2014, pp. 505-522.

Steinitz, Rebecca. *Time, Space, and Gender in the Nineteenth-Century British Diary*. Palgrave MacMillian, 2011.

Stoler, Ann Laura. *Along the Archival Grain: Epistemic Anxieties and Colonial Common Sense*. Princeton UP, 2009.

"Colonial Archives and the Arts of Governance." *Archival Science*, vol. 2, 2002, pp. 87-109.

Tate, Claudia. Contribution to "The Inevitability of the Personal" Forum. *PMLA*, vol. 111, no. 5, 1996, pp. 1147-1148.

Thain, Marion. "Digitizing the Diary: Experiments in Queer Encoding." *Journal of Victorian Culture*, vol. 21, no. 2, 2016, pp. 226-241.

Trubek, Anne. *The History and Uncertain Future of Handwriting*. Bloomsbury, 2016.

Vermeer, Leonieke. "Tiny Symbols Tell Big Stories: Naming and Concealing Masturbation in Diaries (1650-1940)." *European Journal of Life Writing*, vol. 6, 2017, n. p. https://doi.org/10.5463/ejlw.6.209

Walker, Janet A. "Reading Genres Across Cultures: The Example of Autobiography." *Reading World Literature: Theory, History, Practice*. Edited by Sarah Lawall. U Texas Press, 2010, pp. 203-234.

Warren, Michelle R. "The Politics of Textual Scholarship." *The Cambridge Companion to*

Textual Scholarship. Edited by Neil Fraistat and Julia Flanders. Cambridge UP, 2013, pp. 119-133.

Watson, Julia. "Visual Diary as Prosthetic Practice in Bobby Baker's Diary Drawings." *Biography*, vol. 35, no. 1, 2012, pp. 21-44.

Webster, Tom. "Early Stuart Puritanism." *The Cambridge Companion to Puritanism*. Edited by John Coffey and Paul C. H. Lim, Cambridge UP, 2008, pp. 48-66.

Whitlock, Gillian and Anna Poletti. "Self-Regarding Art." *Biography*, vol. 31, no. 1 2008, pp. v-xxiii.

Wiener, Wendy J. and George C. Rosenwald. "A Moment's Monument: The Psychology of Keeping a Diary." *The Narrative Study of Lives*. Edited by Ruthellen Josselson and Amia Lieblich. Sage, 1993, pp. 30-58.

"Will Diaries be Published in 2050?" *The New York Times*. 25 Nov. 2012 www.nytimes.com/roomfordebate/2012/11/25/will-diaries-be-published-in-2050

Williams, Zoe. "Me! Me! Me! Are We Living through a Narcissism Epidemic?" *The Guardian*, 2 Mar. 2016. www.theguardian.com/lifeandstyle/2016/mar/02/narcissism-epidemic-self-obsession-attention-seeking-oversharing

Wolf, Hope. "'Paper Is Patient': Tweets from the '#AnneFrank of Palestine.'" *Textual Practice*, vol. 29, no. 7, 2015, pp. 1355-1374.

Woolf, Virginia. "John Evelyn." *The Essays of Virginia Woolf*, Vol. III: 1919-1924. Edited by Andrew McNeillie. Hogarth Press, 1988, pp. 259-268.

Zamudio-Suaréz, Fernanda. "Why Historians Want You to Journal in the Age of Trump." *The Chronicle of Higher Education*, 31 May 2017. www.chronicle.com/article/Why-Historians-Want-You-to/240214

Zimmerman, Jess. "Social Media Is Our Modern Diary. Why Do Tech Companies Own All the Keys?" *The Guardian*, 21 Oct. 2014. www.theguardian.com/commentisfree/2014/oct/21/social-media-tech-companies-user-privacy

Zimroth, Evan. "The Sex Diaries of John Maynard Keynes." *The Gay and Lesbian Review*, vol 15, no. 4, 2008, pp. 19-20.

Zuern, John. "Online Lives." *Biography*, vol. 26, no. 1, 2003, pp. v-xxv.

索引

Note: The page numbers in italics refer to figures.

Affinity (Waters) 100
al-Radi, Nuha 76-7
Alexander, Jeb 39-40
Amiel, Henri-Frédéric 54, 165
analog diary *see* diary
Annihilation (Vandermeer) 102-3
anonymous diaries 136-7; and feeling anonymous online 140; *see also* digital diaries; truth
archive, the 26-30
As We Are Now (Sarton) 108
autobiographical fiction 96
"autobiographical I" 65; and collective representation 153
autobiographical pact 63; *see also* diary pact
autobiography: diary compared with 62-3, 68, 80
autobiography studies: and the diary 12-13, 62-3, 126, 160
autofiction *see* autobiographical fiction

Barbellion, W. N. P. 71, 78-9, 125, 165
Bashkirtseff, Marie 12, 73-4

beginnings: of diaries 77-8; and diary fiction 115
The Blazing World (Hustvedt) 111
blogs 8, 21, 127, 129-32, 134-7; *see also* digital diaries
Bobak, Molly Lamb 82, 83
born digital diaries *see* digital diaries
Boswell, James 54, 77, 165
Browning, Elizabeth Barrett 71

chronology *see* diary time
codes *see* diary codes
codes of concealment 92; *see also* diary codes
codes of convenience 91; *see also* diary codes
collaborative diaries 72; *see also* diary readers
The Collector (Fowles) 108
colonialism: and the diary 27-9; and diary fiction 118-19
comics *see* diary comics
concealments: in diaries 84-8; *see also* diary codes
The Counterfeiters (Gide) 106
critical editions 43-7

215

Dang, Thuy Tram 4–5
Davis, Emilie 50–1
de Guérin, Eugénie 72
de Jesus, Carolina Maria 42
"dear diary" 69–70
diaries addressed to limited readers 70–1; *see also* diary readers
diaries addressed to the public 73–4; *see also* diary readers; published diaries
diarist-narrator: in diary fiction 106–9
diarists: reasons for writing 150–1; reasons for writing in diary fiction 115
diary: categories of 7–9; defining 4–7; future of 146–9; history of 9–15; myths about 1–2, 20, 73, 145, 147–8; versus journal 2–3
Diary (Palahniuk) 110
diary apps 8, 129, 130, 134, 139, 146; *see also* digital diaries
diary as literature 60–3; *see also* genre paradox
diary codes 56, 72, 87–8, 91–4
diary comics 122; *see also* graphic narrative
diary conventions see beginnings, concealments, diary readers, diary subject, diary time, endings, image, middleness, silences
diary fiction: colonialism and postcolonialism in 118–19; definitions of 95–6; and graphic narrative 121–4; history of 97–101; and nonfiction diaries 95, 124–5; sex, gender, and sexuality in 117–18; and young adult fiction 119–21
diary hoaxes 127, 137
diary manuscripts: in diary fiction 101–6; and digital

diaries 133–5; reading 30–5
diary narrators *see* diarist-narrator
diary novel *see* diary fiction
The Diary of a Good Neighbor (Lessing) 106
"Diary of a Madman" (Gogol) 99
"Diary of a Madman" (Lu) 99
Diary of a Mad Old Man (Tanizaki) 99
"Diary of a Superfluous Man" (Turgenev) 99
Diary of a Wimpy Kid (Kinney) 3, 3
Diary of the Fall (Laub) 116
diary pact 63; *see also* autobiographical pact
diary readers 68–74; and digital diaries 141–2, 143–4; emotional responses of 15–17; ethical obligations of 15, 154, 156
diary subject 64–8; and digital diaries 135–8; and self-construction 160–1
diary time 10, 75–7; and diary fiction 113–6; and digital diaries 142–4
The (Diblos) Notebook (Merrill) 103
Didion, Joan 127
digital diaries: affordances of 131; commercialization of 142; compared to analog diaries 129–32, 145–6; and the diary subject 135–8; different forms of 128–9; versus digitized diaries 48, 129, 134
digital materiality 133; *see also* digital diaries
digitized diaries see digitized editions
digitized editions 48–52
"The Distances" (Cortázar) 99–100
Dracula (Stoker) 98, 114
Drinker, Elizabeth 79–80, 91
Duncan-Wallace, A. M. 86

Edith's Diary (Highsmith) 109
editor- reader: in diary fiction 109-13
education: and diary writing 162-5; sample assignment 163
educational diary see education
Either/Or (Kierkegaard) 110-11
Emerson, Mary Moody 32-3, 33
Emerson, Ralph Waldo 45-6
empowerment: and diary writing 156-7
endings: of diaries 78-9; and diary fiction 115-16
enforced narrative 157-8
enslaved people: and the diary 27-8
epistolary fiction 97
Erasure (Everett) 100
Everyone Leaves (Guerra) 108

Facebook 128, 138, 146, 147
facsimile editions 35-6
family-edited editions 39-41
feminist approaches to the diary 12, 17, 29, 54-8
femininity see feminization of the diary
feminization of the diary 54-8, 156-7; in diary fiction 117-18; and educational diaries 165; see also gender paradox; women writers
Field, Michael 66
Filipović, Zlata 20, 70
fo reign language in diaries see diary codes
fr aming narratives: in diary fiction 109-11
Frank, Anne 12, 40-1, 69-70, 120, 127
Frank, Otto 40-1
Fujii, Takuichi 82-4, 85; see also Japanese American diaries
Fun Home (Bechdel) 123
future, of the diary 146-9

gay writers see LGBTQ writers
gender see diary fiction ;
feminization of the diary; gender paradox; women writers
gender paradox 12-13, 55-8
genre paradox 60-3; and gender paradox 62
The German Mujahid (Sansal) 115
Gide, André 54, 98, 106
Gillespie, Emily Hawley 56
Gobetti, Ada 92
Gombrowicz, Witold 64, 67
Gone Girl (Flynn) 104-5
graphic memoir see graphic narrative
graphic narrative: and diary fiction 121-4
graphic novel see graphic narrative
graphomania 165; see also psychology
gratitude journal 8, 162, 169
Grimké, Charlotte Forten 77
Guevara, Ernesto "Che" 76

handwritten manuscripts 23, 30 - 2, 33, 147; and digital diaries 133-5; decline of 147; see also diary manuscripts
A Hero of Our Time (Lermontov) 99, 108-9
Hillesum, Etty 68-9
historical documentation: and diary writing 151-4
HIV/ AIDS: and the diary 155-6
Hoby, Lady Margaret 12
Holocaust diaries 15, 153 - 4, 159; and diary fiction 116; and diary hoaxes 127
Hooke, Robert 91, 135
hooks, bell 156-7
Houseboy (Oyono) 110

"if a book is locked there's probably a good reason for that don't you think?" (Oyeyemi) 100
illustrated diaries 82-4, *83*, *85*

217

image: in the diary 82-4; *see also* illustrated diaries
impermanence: of digital diaries 134
indoctrination: and diary writing 158
Inman, Arthur 75, 165
The Innocents Abroad (Twain) 114
involuntary diaries 138; in education 165
Iphigenia (de la Parra) 108
The Izumi Shikibu Diary 100;
   see also Japanese diaries

Japanese American diaries 50, 82-4, 85
Japanese diaries: history of 14;
   and diary fiction 100
journal letters see letter diaries
The Journal of Albion Moonlight
   (Patchen) 103
Journal of The Counterfeiters
   (Gide) 106
journal versus diary 2-3
Julavits, Heidi 77, 169

Kaplan, Chaim A. 153-4
Keynes, John Maynard 93

Lejeune, Philippe see autobiographical pact
lesbian writers see LGBTQ writers
letter diaries 71-2, 97
LGBTQ writers 12, 39, 57, 66, 93-4,
   155-6
limited-address diaries see diaries
   addressed to limited readers
Lister, Anne 93
literariness of the diary see diary
   as literature
Livingstone, David 50-1
Lolita (Nabokov) 99
Lu, Xun 99

"mad diarist" motif 99
Manguso, Sarah 76, 165
manuscripts see diary manuscripts
marked silences see silences
"material manuscript literacy" 34;
   and digitized diaries 49
mediated editions 41-3
mediated self 136; see also digital diaries
menstruation: in diaries 55-6, 91
mental health: and diary writing
   160-2, 164-6
Michaels, Eric 155
Michitsuna no Haha 14; see also
   Japanese diaries
middleness: in diaries 79-80; in
   diary fiction 113; and digital
   diaries 143; *see also* diary time
middles of diaries, see middleness
misreading diaries 88-90
The Moonstone (Collins) 98
motive *see* diarists

narcissism: and diary writing 67, 69,
   148, 150; and digital diaries 140
Nausea (Sartre) 99, 102
networked readers 141-2; *see also*
   diary readers
Ngubane, Thembi 156
Nin, Anaïs 37-8, 66, 127
Nini, Rachid 5
Nineteen Eighty-Four (Orwell) 102
nonfiction diary *see* diary
nonretrospective diary 62, 76;
   in diary fiction 114
non-Western diaries 13-15; and diary
   fiction 118-19
The Notebooks of André Walter (Gide)
   98-9

Notes from the Underground
  (Dostoevsky) 99

obsolete see future
ordinary diaries 61-2
oversharing: and digital diaries
  140, 148
Pamela(Richardson) 98
panopticon 158
parataxis 79
paratexts 81
paths to readers 24, 25
Pavese, Cesare 127, 165
Pepys, Elisabeth 12
Pepys, Samuel 10-11, 12, 54, 90, 92-3
permanence: of digital diaries 134
personal criticism 17
Plath, Sylvia 165
Podlubny, Stepan Filippovich 86
politics: diary writing as 151-9；
  limits of 158-9
A Portrait of the Artist as a Young Man
  (Joyce) 99
Possession(Byatt) 100
postcolonialism see colonialism
privacy: alternate terms for 21；
  and the diary 19-22; and digital
  diaries 139-42; and published
  diaries 19; and risk 141-2
psychologizing see misreading diaries
psychology: and diary writing 160-2, 164
public privacy see privacy
published diaries 19, 37-8, 73-4，
  109; analog versus digital 143；
  infl uence on diarists 11, 124；
  see also privacy

Queen Lili'uokalani 32

Ray, Annie 56, 91
readers see diary readers
rematerialization: of digital diaries 134
remediation: and digital diaries 131
Renzi, Emilio 66
revision: of digital diaries 137；
  see also truth
risk: of digital diaries 141-2
Robinson Crusoe(Defoe) 97, 108
rumination: and diary writing 164, 166

The Sea, The Sea (Murdoch) 114
scenes of composition: in diary fiction 102
scenes of discovery: in diary fiction 102
self-addressed diaries 68-9; see also
  diary readers
self-edited editions 36-9
self-help: and diary writing 160, 162
self-rhetoric: in the diary 67
"The Semplica Girl Diaries"
  (Saunders) 100
sex: in the diary 39, 55-6, 57, 92-4；
  in diary fiction 117-18; see also
  diary codes
sexuality see sex
silences: in diary 84-8
Sincerity(Rowson) 98
Singh, Amar 29
si ngle-author epistolary novels 97；
  see also diary fiction
snippetotomy see misreading diaries
social editions 50
social media: and the diary 128-30，
  134, 137-42, 146-9
Sontag, Susan 161
The Sorrows of Young Werther (Goethe) 98
space: in the diary 80-1; see also illustra-
  ted diaries

Stepping Heavenward(Prentiss) 107
story of the found document 110-11；
　see also scenes of discovery
storying see misreading diaries
Sugawara no Takasue no Musume
　14；see also Japanese diaries
suicide：and diary writing 165-6
"Susy L—'s Diary"（Cate）112

A Tale for the Time Being(Ozeki) 104
The Tenant of Wildfell Hall（Brontë）98
text-addressed diaries 69-70；
　see also diary readers
Thistlewood, Thomas 27-8
Thoreau, Henry David 4, 54, 65
time see diary time
The Tosa Diary 100；*see also* Japanese
　diaries
truth：and the diary 125-7；and
　digital diaries 136-7, 143；and
　revision of digital diaries 137
truthfulness see truth
Twitter 128, 135, 143

unliterary, diary defined as see diary
　and literature
unmarked silences see silences
Van Dyke, Rachel 72
vlogs 8, 129；see also digital diaries

Western bias：and diary history 13-15,
　28-9；and diary fiction 118-19
writers of color：and the diary
　28-9, 41-2, 62, 156-7
women writers：and the diary 12-13,
　54-8, 62, 156-7；*see also* feminization of
　the diary；gender paradox
Woolf, Leonard 56, 79
Woolf, Virginia 4, 37, 56, 79, 165
Wordsworth, Dorothy 87-8
working class writers：and the diary
　12, 41-2, 50, 62

Young adult fiction：and diary
　fiction 119-21

Zhang, Xianliang 92